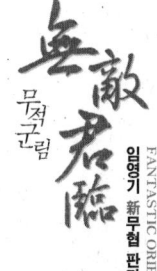

無敵君臨
무적군림

FANTASTIC ORIENTAL HEROES

임영기 新무협 판타지 소설

무적군림 12

임영기 新무협 판타지 소설

초판 1쇄 찍은 날 § 2012년 1월 26일
초판 1쇄 펴낸 날 § 2012년 1월 31일

지은이 § 임영기
펴낸이 § 서경석

편집부장 § 권태완
편집 § 주소영

펴낸곳 § 도서출판 청어람
등록번호 § 제1081-1-89호
등록일자 § 1999. 5. 31
어람번호 § 제2-2201호

주소 § 경기도 부천시 원미구 심곡2동 163-2 서경B/D 3F (우) 420-822
전화 § 032-656-4452 팩스 § 032-656-4453
http://www.chungeoram.com
E-mail § chungeoram@chungeoram.com

ISBN 978-89-251-2759-0 04810
ISBN 978-89-251-2556-5 (세트)

無敵君臨
무적군림

임영기 新무협 판타지 소설

FANTASTIC ORIENTAL HEROES

12

천신(天神)과 악마(惡魔)

[완결]

청어람
도서출판

目次

第百二十六章
무적신룡맹

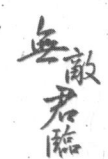

　태무랑은 봉래현 동해군영에서는 화명군과 단유천을 죽이는 것이 어렵다는 결론을 내렸다.

　지난번 그러니까 넉 달 전에 태무랑 일행이 수월화를 구하려고 잠입했을 때하고는 봉래현의 상황이 판이하게 달라져 있었다.

　그 당시에 폭발한 화포제조창과 군선제조창은 그때보다 대여섯 배 더 큰 규모로 복구되었다.

　봉래현 곳곳의 경계도 그 당시하고는 비교도 할 수 없을 정도로 삼엄해졌다.

무엇보다도 화명군과 단유천이 있을 것으로 짐작되는 동해군영의 경계가 상상을 초월할 정도로 강화되었다.

동해군영 둘레는 무려 오십여 리에 달하는데, 주위에 해자를 삼십여 장 폭으로 예전보다 훨씬 더 넓고 깊게 팠으며, 군영의 동쪽 바다 쪽을 제외하곤 서쪽과 북쪽, 남쪽의 숲을 아예 다 밀어서 평지로 만들어 버렸다.

엄폐물을 완전히 없애 버린 것이다. 뿐만 아니라 성 둘레와 성벽 위에 십여 장 거리마다 한 군데씩 초소를 만들어서 그곳에 군사가 아닌 무극신련 고수들을 배치했다.

성 둘레과 성벽 위에 수천 개의 초소가 생긴 것이다. 더구나 초소 하나에 고수 삼십 명씩이니까 수만 명의 고수들이 동해군영을 빙 둘러서 경계하고 있다는 뜻이다.

만약 동해군영에 잠입한다면 모습을 보이지 않게 할 수 있는 태무랑만 가능하다.

그의 측근들이 아무리 초절고수며 절정고수라고 해도 허허벌판에서 해자를 건너 십 장마다 설치되어 있는 초소와 성벽 위의 초소를 뚫고 잠입하기란 거의 불가능한 일이다.

그렇다고 태무랑 혼자 동해군영에 잠입해서는 필경 얻는 것보다는 잃는 것이 많을 터이다.

화명군이나 단유천과 싸우고 있을 때 수만 명의 고수들과 군사들이 공격을 해온다면 아무리 조화지경에 이른 태무랑이라고 해도 위험지경에 빠질 수밖에 없다.

그래서 동해군영에 잠입하여 화명군과 단유천을 제거하는 것은 불가능하다는 결론에 이른 것이다.

그렇다면 방법은 하나뿐이다. 화명군과 단유천이 동해군영이나 봉래현 밖으로 나올 때를 노려야 한다.

하지만 그들이 동해군영을 나오기만을 하염없이 기다릴 수는 없는 노릇이다.

그러려면 태무랑 일행이 동해군영 근처에 잠복해서 언제 나올지도 모르는 그들을 막연하게 기다려야만 한다는 얘기인데, 그것은 현실적으로 불가능한 일이다.

*   *   *

다시 두 달 후 남경 읍강포구의 연지장.

장원 한가운데 위치한 사 층 전각의 사층 넓은 회의실에는 태무랑을 비롯한 그의 측근이라고 할 수 있는 인물들이 모두 운집해 있다.

거기에 더해서 구대문파의 장문인들과 무림을 대표하는 이십대 방, 문파의 수장들 이십구 명까지 가세했다.

대전에는 단상이 있으며 그곳에는 커다란 태사의가 하나 놓여 있지만 아무도 앉지 않았다.

대전의 한쪽에는 벽을 등지고 첫 번째에 무령왕, 두 번째에 소천군, 그리고 세 번째에 태무량과 세 명의 부인 등 측근들이 일렬로 길게 늘어앉아 있다.

그리고 맞은편에는 첫 번째에 소림 장문인 원각선사를 비롯한 무당파, 화산파, 아미파 장문인 등 구대문파 장문인이, 그리고 그 옆으로는 무림 이십대 방, 문파의 수장들, 즉 무적신룡맹의 수뇌부 모두가 길게 늘어서 앉아 있는 광경이다.

화명군에 저항하는 세력의 우두머리들이 이곳에 모두 집결해 있는 것이다.

그런데 무적신룡맹 수뇌부의 시선은 온통 한 사람 태무량에게 집중되어 있었다.

그들 중에서 태무량을 직접 본 사람은 원각선사뿐이다. 그는 수뇌부 모두에게 자신이 목격했던 무적신룡의 인품이나 덕망, 그리고 조화지경에 이른 능력까지 두루 입에 침이 마르도록 칭찬을 했었다.

무적신룡맹 수뇌부들은 평소에 무적신룡의 명성에 대해서 자자하게 듣고 있었는데, 거기에 원각선사의 칭찬이 더해져 태무량을 무림의 영웅으로 생각하게 되었다.

그래서 무림맹의 이름도 태무량의 별호인 무적신룡을 따서 지었던 것이다. 그런데 그들은 이곳에 와서 새로운 사실을 알게 되었다.

반년 전에 태무랑이 자금성에 잠입하여 소천군과 무령왕 등을 구해냈으며, 이어서 봉래현 동해군영에서 수월화를 구해내는 과정에 단유천에게 중상을 입히고 그곳의 군사 시설들을 크게 파괴했다는 사실이다.

그 소식까지 접한 무적신룡맹의 수뇌부들은 태무랑에게서 시선을 떼지 못하면서 감탄을 거듭하고 있었다.

지금 그들은 태무랑을 직접 보면서 자신들이 무적신룡에 대해서 들었던 소문이나 원각선사의 칭찬이 오히려 부족했다는 느낌이 들었다.

비록 태무랑이 자신의 능력을 직접 펼쳐 보이지 않아도, 단지 늠름하게 앉아 있는 것만으로 천신(天神)의 위엄과 신선의 초탈함이 엿보였다.

무적신룡맹 사람들이 태무랑을 주시하면서 넋을 뺏기고 있는 것을 보고 태무랑 측근들은 의기양양하고 흐뭇하기 짝이 없었다.

"아미타불······."

그때 침묵을 깨고 원각선사가 나직이 불호를 외웠다. 자기네 사람들이 태무랑에게 너무 넋을 빼앗기고 있어서 대화를 시작조차 하지 못하고 있기 때문에 불호로써 정신을 차리도록 하려는 것이다.

반 시진여에 걸쳐서 서로의 소개가 끝났으나 아직 본격적으로 대화를 시작하지는 않았다.

원각선사의 일깨움에 모두들 자세와 표정을 바로잡고 분위기를 일신했다.

원각선사 옆에 앉은 무당장교 창현진인(蒼賢眞人)이 나직한 도호와 함께 입을 열었다.

"무량수불. 현재 무적신룡맹에 가맹한 방, 문파의 수는 사백여 곳입니다."

창현진인은 자신의 아래쪽에 늘어서 앉아 있는 장문인들과 각 방, 문파의 수장들을 가리켰다.

"이분들께서 자신들 지역 내에 있는 방, 문파들을 적극적으로 설득하여 가입시킨 결과입니다."

창현진인은 소천군과 무령왕이 있는 자리라서 예의에 어긋나지 않으려고 애쓰며 말을 이었다.

"현재로선 모을 수 있는 방, 문파들은 거의 모은 것 같습니다. 지금도 계속 운집하고 있지만 주목할 만한 방, 문파는 없으며 그 수도 미미한 실정입니다."

소천군과 무령왕은 가볍게 고개를 끄덕이며 앞에 놓인 탁자의 술잔을 들고 서로 잔을 부딪치면서 여유있는 모습으로 술을 마셨다.

하지만 다른 사람들은 자신들의 앞에 놓인 탁자의 요리나 술에는 일체 손을 대지 않았다.

소천군이나 무령왕, 그리고 태무랑 같은 엄청난 인물들이 있는 자리라서 자못 긴장하고 있기 때문이다.

　태무랑이 나직한 목소리로 창현진인에게 물었다.

　"무림고수 개인은 모으지 않소?"

　"방, 문파에 소속되지 않은 무림인들을 말씀하시는 것이오?"

　"그렇소."

　창현진인은 난감한 표정을 지었다.

　"방, 문파들은 방주나 문주만 관리하고 단속하면 되는데, 개인은 그것이 곤란하오. 그들 중에 첩자가 섞여 있을지 모른다는 것이 가장 큰 문제외다."

　"그렇군요."

　태무랑은 가볍게 고개를 끄덕이고는 아쉽다는 표정을 지어 보였다.

　"무림은 방, 문파보다는 개인이 훨씬 더 많소. 그들을 모을 수 있다면 좋으련만……."

　창현진인은 쓸쓸한 표정을 지었다.

　"그것은 분명한 사실이지만 위험을 무릅쓰고 실행할 수가 없소이다."

　그의 말이 맞다. 방, 문파들은 수장이나 중간 우두머리들이 관리하고 단속하면 보안을 유지할 수 있으나 개인은 일일이 감시하거나 관리할 수 없다는 어려움이 있다.

하지만 믿을 수 있는 사람들을 모으고 또 그들을 제대로 관리만 한다면 방, 문파들보다 훨씬 더 큰 세력을 모을 수 있을 것이다.

태무량은 자신의 왼쪽에 나란히 앉은 세 여자를 보며 빙그레 미소 지었다.

"뭔가 좋은 방법이 있을 듯한데……."

수월화가 엷은 미소로 화답했다.

"대어(大魚)는 큰 그물로, 작은 고기는 좁은 그물로 잡으면 될 거예요."

태무량은 고개를 끄덕였다.

"과연 그렇군."

사실 그는 그런 방법을 생각했으나 자신보다는 수월화가 말해주기를 원했다.

그녀는 워낙 총명하기 때문에 충분히 그런 방법을 생각할 것이라고 믿었다.

그러나 창현진인 등은 그녀의 말을 즉시 이해하지 못했다.

"수월화 공주, 빈도 등이 알기 쉽게 설명해 주시겠소?"

수월화는 다소곳한 자세로 엷은 미소를 지으며 설명했다.

"방, 문파들을 대어라고 한다면 무림고수 개인은 작은 물고기에 비유할 수 있다는 뜻이에요. 구대문파는 필경 방, 문파들을 규합할 때 비밀 누설이나 첩자 개입에 대비하여 신경을 썼을 거예요."

"물론이오. 방, 문파들을 찾아가는 과정이나 수장들을 만나는 일까지 모두 극비에 진행했었소."

수월화는 가볍게 고개를 끄덕였다.

"그런 방법이 큰 그물이라면, 무림고수 개인을 모집할 때는 훨씬 더 강화된 방법을 사용해야 할 거예요. 그것이 바로 작은 그물이지요."

"아……."

방, 문파들은 덩치가 크기 때문에 큰 그물로, 무림고수들은 개개인이므로 훨씬 작은 그물로 걸러내야 한다는 뜻을 무적신룡맹 수뇌부들은 그제야 알아들었다.

수월화는 방그레 미소 지으며 창현진인에게 일러주었다.

"작은 그물로 물고기를 잡을 때에는 다른 배를 이용하는 것이 좋을 듯하군요."

즉, 무림고수 개인들을 섭외하고 모집할 때는 방, 문파 때 사용했던 장소와 인물들을 다른 것으로 바꾸는 것이 좋겠다는 뜻이다.

창현진인은 수월화의 총명함에 크게 고개를 끄덕이며 감탄했다.

"무량수불. 수월화 공주, 큰 공부가 되었소이다. 본 맹의 수뇌부와 의논하여 곧 시행하도록 하겠소."

무적신룡맹 사람들 모두 크게 감탄하는 모습을 보고 벽교상과 옥령은 자신들의 일인 양 어깨를 으쓱거리며 한껏 고무된 표정이다.

그녀들뿐만 아니라 수월화의 아버지인 무령왕이나 소천군, 비한 등 모두 흐뭇한 표정을 지었다.

이 자리에 태무랑의 넷째 부인인 연지를 배석시키지 않은 데에는 이유가 있다.

그녀는 무림에 대해서 문외한이고 숫기가 없어서 많은 사람들 앞에 나서지 않으려 한 것이다.

"아미타불. 수월화 공주께서 하교하신 방법을 이용하여 무림고수들을 규합한다면 방, 문파 이상으로 큰 힘이 될 것이오. 감사드리오."

원각선사는 수월화를 향해 합장을 해 보이고 나서 태무랑과 무령왕, 소천군을 두루 보면서 말을 이었다.

"노납들끼리 상의한 일이 하나 있는데 한 번 들어보심이 어떻습니까?"

"말씀해 보시게."

소천군이 담담히 고개를 끄덕였다.

원각선사는 중인을 두루 둘러보고 나서 입을 열었다.

"현재 화명군의 무극신련에 대항하는 세력은 무령왕 전하

휘하의 군사와 소 성협 시주의 절정문 세력, 무적신룡 시주의
세력, 그리고 노납들의 무적신룡맹 등으로 나누어져 있습니
다. 그런데 뿔뿔이 흩어져 있다 보니까 여러 면에서 불편한
점이 많습니다. 그래서 이것을 하나의 조직으로 통합하는 것
이 어떨까 노납들끼리 의논해 봤습니다."

"그거 좋군."

"좋은 생각일세."

무령왕과 소천군은 동시에 고개를 끄덕이며 찬성했다.

원각선사는 공손히 합장했다.

"아미타불. 그래서 명칭은 그대로 무적신룡맹으로 하고 그
안에 군맹(軍盟)과 무맹(武盟)을 두면 어떻겠습니까?"

'군맹'은 무령왕 휘하의 군사를 가리키는 것이고, '무맹'
은 그 외의 모든 고수들을 통칭한다는 것을 중인은 설명하지
않아도 알았다.

"그리고 무적신룡맹을 이끄는 분을 총맹주(總盟主)로 하고,
그 아래 군맹주(軍盟主)와 무맹주(武盟主)를 두는 것이 좋을
것 같습니다."

원각선사의 말은 이미 무적신룡맹 수뇌부들끼리 숙의를
거친 내용이다.

원각선사는 소천군과 무령왕, 태무랑에게 두루 합장을 해
보이며 공손하게 의견을 물었다.

"소 성협께서 총맹주를 맡아주시고 무령왕 전하와 무적신룡 시주께서 군맹주와 무맹주를 각각 맡아주시는 것이 어떻겠습니까?"

"아… 나는……."

소천군과 무령왕, 태무랑 세 사람이 동시에 손을 내저으며 사양하려는 뜻을 내비치려고 하자 수월화와 벽교상을 비롯한 이쪽 사람들과 무적신룡맹 수뇌부들이 일제히 벌떡 일어나 포권을 하며 합창을 했다.

"무조건 찬성입니다!"

소천군과 무령왕, 태무랑은 서로의 얼굴을 마주 보면서 약간 어이없다는 표정을 짓고는 잠시 후 어쩔 수 없다는 듯 실소를 흘렸다.

구대문파 장문인들과 무림이십대 방, 문파 수장들은 무맹주가 된 태무랑 휘하에 들어왔다.

태무랑은 그들을 무적십대(無敵十隊)와 신룡십대(神龍十隊)로 묶었다.

태무랑과 그의 측근들이 무적제일대가 되고, 소림사가 무적제이대, 무당파가 무적제삼대의 식으로 구대문파가 무적십대이며, 무림이십대 방, 문파들을 두 개씩 열 개로 묶어서 신룡십대로 만들었다.

태무랑은 무적십대, 신룡십대와 함께 이틀 동안 당금 천하의 정세에 대해서 여러 가지 문제들을 상의하여 몇 가지 결론을 내리고 또 계획을 세웠다.

그리고 그것들을 추진하기 위해서 태무랑 직속인 무적제일대를 제외한 무적구대와 신룡십대를 자신들의 방, 문파로 돌려보냈다.

무림의 많은 방, 문파들이 모여서 이룬 무맹과는 달리 군맹은 순전히 무령왕 휘하의 군사들로만 이루어졌다.

이 년여 전에 황제가 된 화명군은 제일 먼저 무령왕의 기반을 붕괴시키는 일에 총력을 기울였다.

그는 군사들과 무극신련 고수들로 토벌군을 만들어서 대거 남경에 파견하여 무령왕의 기반들을 하나에서 열까지 샅샅이 색출하여 철저하게 발본색원했었다.

하지만 오랜 세월 동안 남경에 뿌리를 내리고 살아온 무령왕의 기반들을 속속들이 색출하지는 못했다.

무령왕의 양쪽 날개인 태무랑과 비한의 직속 심복, 즉 좌우사령과 두 명의 군사(軍師)가 신속하고도 치밀하게 대처하여 대부분의 기반들을 은닉하고 피신시켰기 때문이었다.

그러니까 화명군이 보낸 토벌군은 무령왕의 좌우사령과 두 명의 군사가 일부러 남겨놓은 기반들만을 무너뜨리고 돌아갔던 것이다.

토벌군이 남경에 당도했을 때 무령왕의 사병(私兵) 수만 명은 산지사방으로 뿔뿔이 흩어져서 도망쳤다고 한다. 그래서 무령왕이 없으면 그들이 다시 뭉칠 일은 없을 것이라는 결론을 내리고 그대로 철수를 했었다.

그런데 무령왕이 살아서 남경으로 귀환을 하자 흩어졌던 사병들이 다시 구름처럼 운집했다.

또한 태무랑과 비한의 좌우사령들이 감추었던 기반들을 모두 꺼내서 다시 일으켰다.

그로 인해서 무령왕은 예전의 사병 오만을 그대로 보유하게 되었으며, 또한 지난 반년 동안 군사들을 새로 모집하여 십오만을 더 양성했다. 그래서 도합 이십만 군사를 거느리고 있는 상황이다.

*   *   *

태무랑은 소천군 때문에 몹시 신경이 쓰였다.

한 번도 그런 적이 없었는데, 소천군의 표정이 예전과 달리 어둡고 기운이 없는 듯하기 때문이다.

태무랑을 대하는 모습이 예전과 다름없는 것 같으면서도 뭔가 이상했다.

우선 소천군은 태무랑을 봐도 거의 웃지 않았다. 아니, 어딘가 서운한 표정을 지었다.

그뿐이 아니다. 특별한 일이 아니고는 자신의 거처에만 틀어박혀서 두문불출했다.

절정문을 재건하는 일이 쉽지 않아서 그러는 것인가 싶어서 알아봤더니 그렇지는 않은 것 같았다. 절정문은 순조롭게 재건되고 있다는 것이다.

그래서 태무랑이 두 번이나 소천군의 거처로 찾아갔으나 두 번 다 별 소득이 없었다.

그저 일상적인 대화나 몇 마디 주고받을 뿐이고 소천군은 침묵으로 일관했다. 그래서 태무랑으로서는 어색하게 앉아 있다가 나올 수밖에 없었다.

태무랑은 도대체 소천군이 왜 그러는지 이리저리 궁리를 해봤으나 끝내 답을 찾지 못했다.

그런데 뜻밖에도 실마리는 수월화가 알려주었다. 그녀의 짐작에 의하면, 소천군의 심기가 불편할 사람은 손녀인 소아 상밖에 없다는 것이다.

"상아 때문에 할아버님께서 왜 우울하신 거지?"

태무랑은 여전히 이해를 하지 못했다. 그는 세상 모든 일에 도가 지나칠 정도로 똑똑하지만 여자 특히 남녀관계에 있어서만큼은 젬병이다.

이른 아침에 잠에서 깬 태무랑과 네 명의 부인은 한 침상 이불 속에서 알몸으로 서로 얽혀 있는 중이다.

태무랑의 오른 팔베개를 하고 옆으로 누워서 그의 가슴을 만지작거리고 있는 수월화는 까만 눈을 총명하게 깜빡거렸다.

"혹시 예전에 할아버님께서 상아에 대해서 뭐라고 말씀하신 적이 없었나요?"

"글쎄……."

뭔가를 골똘히 생각하던 태무랑은 갑자기 벌떡 일어나 앉으며 나직이 외쳤다.

"그거로군!"

"뭔가요?"

그러나 태무랑은 머뭇거리면서 금세 대답하지 않았다. 그러는 것은 그답지 않은 행동이다.

하지만 수월화가 태무랑에게 '소천군이 소아상에 대해서 뭐라고 말한 적이 없느냐'라고 물었을 때에는 뭔가 짐작하는 바가 있었기 때문이다.

"뭐예요? 궁금해요. 빨리 말씀해 주세요."

태무랑의 왼쪽에 팔베개를 하고 있던 벽교상이 그의 몸 위로 올라와 엎드리며 궁금하다는 듯 재촉했다.

수월화만 짐작할 뿐 세 명의 여자는 아무것도 모른 채 태무랑 얼굴을 빤히 바라보았다.

"사실은……."

태무랑은 어렵사리 입을 열었다. 이 말을 하게 되면 네 명의 부인에게 오해를 살지도 모른다.

아니, 그녀들은 오해를 할 것이 분명하다. 그래도 어쩔 수 없다. 이 년 전에 소천군은 정말 그렇게 말한 적이 있었기 때문이다.

"예전에 할아버님께서 상아를 내 첩으로라도 맞이해 달라고 말씀하신 적이 있었어."

갑자기 네 여자의 움직임이 뚝 멈췄다. 수월화만 그럴 줄 알았다는 듯한 표정이고, 세 여자는 적이 놀라면서도 경직된 표정을 지었다.

태무랑은 일부러 과장된 동작으로 두 팔을 벌려 보이면서 씁쓸한 표정을 지었다.

"하지만 나는 상아에게 전혀 관심없어. 그 아이를 누이동생처럼 생각하고 있다는 것을 너희도 잘 알고 있잖아."

그러나 그의 말은 설득력이 없었다. 조카처럼 여기던 연지를 부인으로 맞이한 그가 아닌가.

그런 점으로 봤을 때 그는 누이동생쯤은 아무렇지도 않게 잡아먹고도 남을 인간이다.

태무랑은 네 여자의 곱지 않은 시선을 온몸으로 느끼면서 침상에서 내려와 옷을 입고 서둘러 방을 나갔다.

이럴 때는 그녀들과 잠시 떨어져 있어야 한다는 것을 본능적으로 느꼈다.

또한 말을 하면 할수록 자신에게 불리하다는 사실도 더불어 깨달았다.

태무랑이 나간 후 침상에 남은 네 명의 아리따운 부인은 옷을 입을 생각도 하지 않은 채 발등에 떨어진 불에 대해서 의논하기 시작했다.

태무랑은 신풍개와 대화를 하고 있었다. 두 달 전에 태무랑은 신풍개와 함께 산동성 봉래현을 염탐하러 갔다가 그를 그곳에 놔두고 돌아왔다.

그때 태무랑은 신풍개에게 한 가지 일을 맡겼었으며, 그것을 수행한 신풍개는 두 달 만에 남경으로 돌아왔다.

척—

"조사한 것들은 여기에 다 적혀 있네."

서둘러서 돌아오느라 식사도 하지 못했던 신풍개는 허겁지겁 밥을 먹으면서 품속에서 너덜너덜한 책자 한 권을 꺼내 태무랑 앞에 내려놓았다.

신풍개는 그동안 산동성에 흩어져 있는 개방제자들을 찾아서 모으는 한편 그들과 함께 봉래현의 군사시설에 대해서 심혈을 기울여 조사를 했다. 책자에는 그가 조사한 내용이 적혀 있는 것이다.

"하지만 동해군영 근처는 워낙 경계가 심해서 얼씬도 못했어. 거기에 적힌 것은 봉래현 내에 대해서, 그리고 봉래현 앞에 늘어선 섬들에 대해서야. 자네가 중점적으로 조사하라고 말한 것들이지."

배가 고팠던 신풍개는 볼이 미어터지도록 씹으면서 불분명한 어조로 설명했다.

태무랑은 책자를 천천히 넘기며 읽었다. 책자는 두 달 동안 신풍개가 품속에 지닌 채 수없이 꺼내서 적는 것을 반복했기 때문에 누더기가 되어 있었다. 하지만 태무랑이 필요로 하는 내용들은 손상되지 않은 상태다.

태무랑은 책자를 다 읽고 덮으면서 만족한 표정으로 고개를 끄덕였다.

"수고했다."

"쓸 만한 게 있나?"

"그래."

책자의 내용은 기대했던 것보다 더 알찼다. 그것들을 조사하느라 신풍개가 얼마나 고생했을지 짐작이 갔다.

그 시간에 수월화는 혼자서 소천군을 만나고 있었다.

두 사람은 탁자에 마주 앉아 있는데 어쩐 일인지 소천군은 머쓱한 표정을 짓고 있다.

방금 수월화가 소천군에게 매우 민감한 내용에 대해서 질문을 했기 때문이다.

즉, 예전에 소천군이 태무랑에게 '소아상을 첩으로라도 맞이해라'고 말한 적이 있었는지 대놓고 물었다.

또 요즘 소천군의 심기가 불편한 이유가 혹시 태무랑이 그 말을 실천에 옮기지 않아서 그러는 것인지 덧붙여서 물은 것이다.

소천군이 아무리 천하제일인이고 무적신룡맹 총맹주로서 만인의 존경을 받는 신분이지만, 수월화의 단도직입적인 질문에는 난감할 수밖에 없다. 공적인 일이 아니고 지나칠 만큼 사적인 일이기 때문이다.

하지만 수월화는 결코 무례하지 않았으며 최대한 예의를 갖춰서 물었다.

단지 말을 빙빙 에두르지 않고 직접 했을 뿐이다. 하지만 소천군으로서도 그러는 편이 좋다. 서론이 길면 서로 피곤할 뿐일 테니까.

수월화의 질문은 소천군의 정곡을 찔렀다. 사실 그는 태무랑이 네 명의 부인을 거느리고 있는 모습을 보면서 많이 언짢은 기분이었다.

하지만 만약 그에게 태무랑을 짝사랑하고 있는 손녀가 없었다면 그것은 조금도 언짢을 일이 아니다.

예로부터 영웅은 호색이라고 했다. 그러므로 쌍수를 들어 환영할 만한 일이다.

또한 소천군은 며칠 전에 소아상이 태무랑의 여자가 되지 못하는 것 때문에 속상해서 혼자 울고 있는 모습을 우연히 발견하고는 착잡한 심정을 금치 못했다.

자신이 손녀를 위해서 해줄 수 있는 일이 거의 없다는 것을 알기 때문이다.

하지만 그는 누구에게 특히 태무랑에게 보이기 위해서 일부러 우울했던 것이 아니다.

단지 손녀 때문에 우울해진 마음이 자연스럽게 얼굴에 드러났던 것뿐이다.

그리고 매사에 관심이 없어져서 자신의 거처에서 두문불출하고 있었던 것이다.

그는 원래 수양이 깊어서 어떤 상황에서도 자신의 내심을 쉽게 드러내지 않는 편이다. 하지만 사랑하는 손녀의 일만은 그렇게 하지 못했다.

지금도 그는 수월화의 질문을 받고 착잡한 심정을 그대로 얼굴에 드러내고 있다.

"자네 말이 맞네."

이윽고 그는 내심을 털어놓았다. 감추고 싶지도 감춰서 될 일도 아니라고 생각했다.

종기는 짜내야 한다는 것이 평소 그의 지론이다. 이왕 수월화가 솔직하게 물었으니 이 기회에 다 털어놔야겠다고 마음먹었다.

그는 수월화를 태무랑의 첫째 부인으로 대우했다. 그 예로 예전에 비해서 말투가 정중해졌다.

소천군은 길게 한숨을 토해냈다.

"휴우……. 이곳에 온 이후 상아는 매일 울고만 있다네."

그는 며칠 사이에 더 늙어 보였다. 그는 수월화에게 도움을 바라듯이 말했다.

"역시 무랑가 때문인가요?"

"그렇네."

소천군은 자신이 그 사실을 인정하는 것이 부끄러운 일인 줄 알면서도 고개를 끄덕일 수밖에 없었다. 오히려 수월화의 도움을 원하기까지 했다.

"이 일을 어떻게 했으면 좋겠나?"

순리대로라면 태무랑이 소아상을 받아들이겠다는 결심을 굳혀야 하는 것이 우선이다.

하지만 수월화야말로 넘어야 할 큰 산이다. 그녀를 설득하면 절반은 성공이다.

그녀가 태무랑에게 얼마나 큰 영향력을 행사하는지 잘 알고 있기 때문이다.

지금 소천군은 수월화에게 애원이라도 하고 싶은 심정이다. 그 정도로 손녀를 사랑하고 있는 것이다.

수월화도 나름대로 고민이 있다. 그녀는 이미 세 명의 자매들, 즉 태무랑의 부인들하고 이 문제에 대해서 충분히 상의를 했다.

그리고 결론을 얻었다. 여러 정황으로 봤을 때 소아상을 받아들일 수밖에 없다고.

수월화가 봤을 때 태무랑은 소아상을 여자로서 좋아하지는 않는 것 같았다.

하지만 그는 어린 연지를 단지 조카로만 여겼었고 여자로 보지 않았었다.

그런데도 지금 그는 연지를 여느 부인이나 마찬가지로 사랑하고 있다.

즉, 사랑은 원래 존재하는 것이 아니라 그때의 상황이 만들어준다는 것이다.

물론 생판 모르는 여자하고는 그럴 수가 없다. 태무랑과 연지는 오래전부터 친분이 있었기에 가능한 일이었다.

그런 점에서 봤을 때 태무랑과 소아상은 더욱 특별하다. 그는 어떤 여자들보다 먼저 소아상을 만났었다. 그가 무완롱으로 단유천에게 농락당하고 있을 때 그 지옥 같은 뇌옥에서 소아상을 만났기 때문이다.

그러므로 기득권으로 치자면 소아상에게 우선권이 있는 것이 맞다.

여러 면으로 봤을 때 그녀는 태무랑의 부인이 될 자격을 충분히 지니고 있다.

더구나 태무랑이 소아상을 부인으로 받아들이지 않는다면 앞으로 소천군과의 관계가 매우 껄끄러워질 것이다.

태무랑에게 소천군은 매우 중요한 사람이다. 껄끄러운 상황이 계속된다면 두 사람 모두 견디기 어려울 것이다. 그것은 못할 짓이다.

수월화는 마음을 정하고 소천군을 똑바로 주시했다.

"한 가지만 약속해 주세요."

소천군은 의아한 표정을 지었다.

"뭔가?"

"무랑가에게 다시는 여자를 얻지 않겠다는 확답을 받아내 주세요. 그리고 무랑가께서 그것을 지키도록 애써주세요."

수월화는 태무랑에게 소아상이 마지막 부인이기를 원하고 있는 것이다.

그러나 소천군은 의아한 표정을 지었다. 왜 그런 약속이 지금 필요한 것인지 이해하지 못했다.

그러자 그의 마음을 짐작한 수월화가 조용히 말했다.

"그렇게 해주시면 상아를 무랑가의 다섯째 부인으로 받아들이겠어요."

"알겠네. 그렇게 함세."

소천군의 얼굴이 환하게 밝아졌다. 방금 전까지 땅이 꺼지도록 한숨을 푹푹 내쉬던 사람이라고는 생각되지 않았다. 하지만 그는 곧 조심스럽게 물었다.

"무랑이 상아를 받아줄까?"

수월화는 방긋 미소 지었다.

"제게 맡기세요."

소천군은 진심 어린 표정으로 수월화에게 가볍게 고개를 숙여 보였다.

"자네에게 큰 은혜를 입었네. 잊지 않겠네."

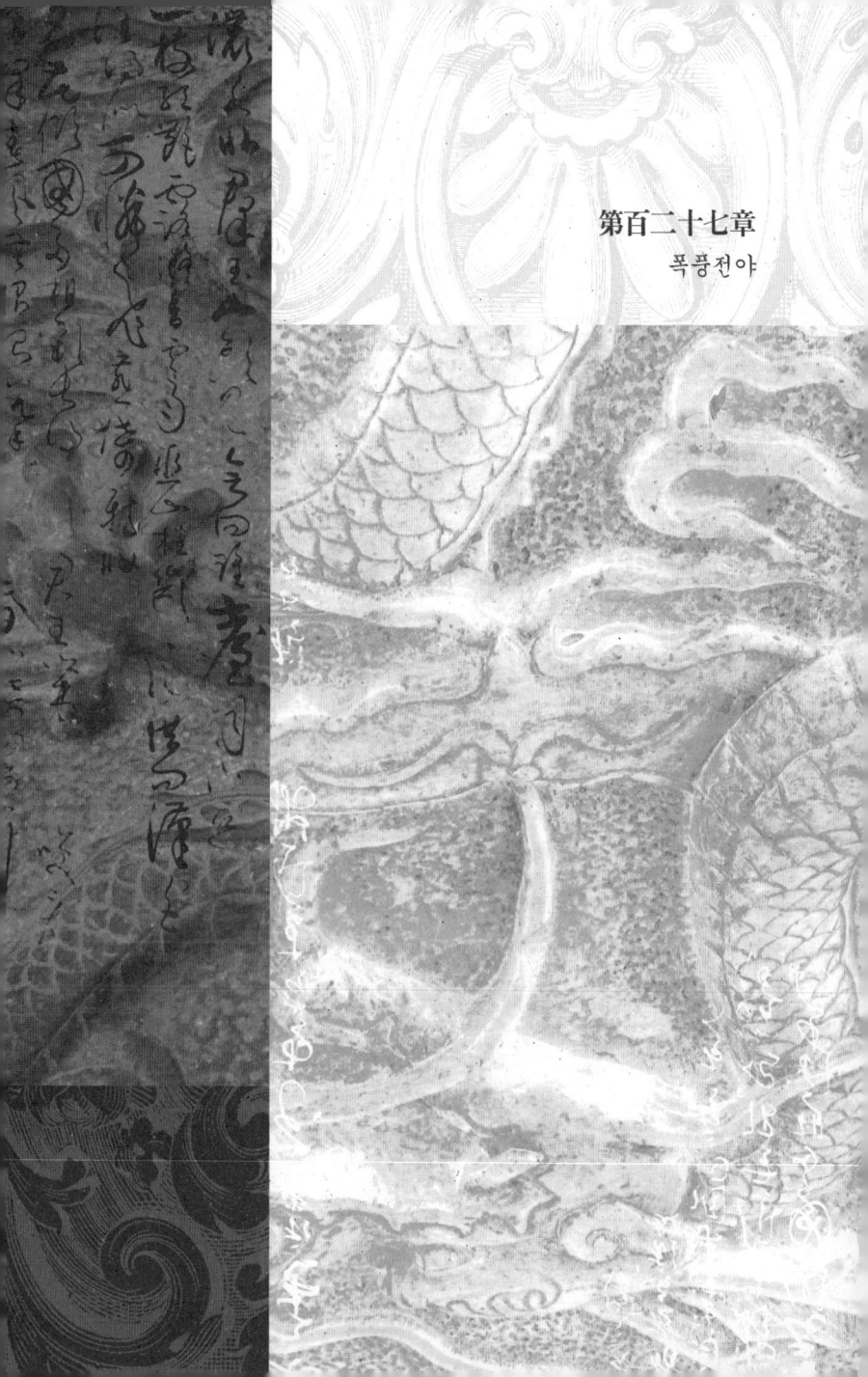

第百二十七章
폭풍전야

태무랑이 신풍개와 우경도, 형구, 맹오, 군통 등과 함께 긴밀한 대화를 나누고 있을 때 벽교상이 들어왔다.

벽교상은 태무랑의 옆에 앉아서 회의가 끝날 때까지 기다렸다가 모두 나가자 기다렸다는 듯이 두 팔로 태무랑의 팔을 잡아 가슴에 안으며 기쁜 표정을 지었다.

"좋은 소식이 있어요."

태무랑은 지난 몇 달 동안 벽교상이 매우 바빴다는 것을 알고 있다. 하지만 무슨 일인지는 묻지 않았었다.

"얼마 전에 어머니와 할머니를 찾았어요."

"그래? 잘됐구나!"

태무랑은 진심으로 기뻐했다. 이 년 반쯤 전에 화명군에 의해서 철화궁과 철화천궁이 초토로 변했을 때 벽교상의 모친과 조모는 행방불명이 됐었다.

그래서 벽교상과 태무랑 등은 그녀들이 죽었다고 생각했었다. 또한 어디에서 죽었는지 모르기 때문에 시신을 찾는 일이 쉽지 않을 것이라고 여겼었다.

"그동안 운남에 계셨대요."

벽교상은 태무랑과 함께 있는 것만으로 너무 행복하다는 듯 그의 어깨에 뺨을 비볐다.

운남이라면 남만(南蠻)이다. 즉, 변방이라서 군사나 무극신련의 손길이 그다지 미치지 않는 지역이다. 그래서 그녀들이 무사할 수 있었던 것이다.

"두 분께서 철화궁과 철화천궁의 기반을 서둘러 감추기는 하셨는데 오 할 정도를 잃었다는군요."

그 말은 철화궁과 철화천궁의 기반 오 할은 아직 건재하다는 뜻이다. 그것은 전혀 기대하지 않았던 뜻밖의 기쁜 소식이다.

덩치가 점점 커지고 있는 무적신룡맹을 운영하자면 막대한 자금이 소요될 것이다.

하지만 태무랑의 돈과 무령왕의 재산 정도로는 턱없이 부족한 실정이었다.

이런 상황에 철화궁의 엄청난 자금이 유입되는 것은 가뭄
에 단비나 다름없다.

벽교상은 상체를 세워서 입을 태무랑의 귀에 대고 달콤하
게 속삭였다.

"어머니와 할머니께서 이곳에 오고 싶대요. 그리고 무적일
대에 들어오고 싶다는군요."

그 말은 철화궁과 철화천궁의 오 할도 따라서 태무랑의 직
속 휘하로 들어오겠다는 뜻이다.

"두 분 오시라고 할까요?"

태무랑은 벽교상을 가볍게 번쩍 들어서 자신의 무릎에 앉
히고는 궁둥이를 두드렸다.

"물론이지. 덕분에 무적일대가 튼튼하게 보강되겠군. 어서
오시라고 연락해라."

태무랑과 마주 보고 앉은 벽교상은 두 손으로 그의 뺨을 잡
고 입을 맞추었다.

"늦어도 내일 징오쯤이면 도착하실 거예요."

그렇다는 것은 벽교상이 이미 그녀들에게 이곳으로 오라
고 연락을 했다는 뜻이다.

개방에서 전용으로 사용하고 있는 전서구 한 마리가 연지

장으로 날아들었다.

전서구에서 서찰을 뽑아서 읽어본 신풍개는 즉시 태무랑에게 달려왔다.

"원각선사에게서 온 서찰일세."

급히 서찰을 읽고 난 태무랑은 심각한 얼굴로 한동안 골똘하게 생각에 잠겼다.

서찰에는 소림사를 비롯한 구대문파, 즉 무적신룡맹 무맹 휘하 무적이대부터 무적십대까지 고수 오천 명, 그리고 무림 이십대 방, 문파, 즉 신룡일대부터 신룡십대까지 오천 명 도합 만 명의 정예고수들이 북경 인근에 도착하여 대기하는 중이라고 적혀 있었다.

또한 그들 만 명은 모두 변장을 했으며 구대문파와 무림이십대 방, 문파에서 엄선한 정예고수들이며, 다음 명령을 기다리고 있다는 내용도 적혔다.

지난번에 무적신룡맹 수뇌부가 연지장에 모여서 심사숙고한 결과는 이렇다.

우선 대명제국의 병권(兵權)을 장악하고, 그다음에 자금성을 급습하여 황권을 되찾은 후에 무령왕이 황제에 즉위하는 것이다.

그리되면 화명군과 단유천은 산동성 봉래현에 철저하게 고립되고 말 것이다.

신풍개의 조사 결과 봉래현과 인근에는 수군이 삼백에서 사백만 명쯤 주둔하고 있다고 했다. 봉래현이 외국 정벌의 총 본영이기 때문이다.

굉장한 세력이다. 하지만 화명군이 모은 천만대군의 삼사 할 수준일 뿐이다.

만약 대명제국의 황권을 장악한 무령왕이 다른 지역에 주 둔하고 있는 육, 칠백만 대군을 산동성 봉래현으로 진군시킨 다면 화명군 일당은 독 안에 든 쥐 신세가 될 터이다.

하지만 그 방법을 사용하는 것은 최악의 상황에 처했을 경 우에만 국한된다.

무려 천만대군이 서로 칼과 창을 휘두르며 싸우는 일은 동 족상잔이다. 무슨 일이 있어도 그렇게 되는 것만은 막아야 할 것이다.

최선책은 화명군과 단유천, 그리고 화명군의 최측근 수족 들을 제거하는 일이다.

그래야지만 피해를 최소화할 수가 있다. 그리고 그 일은 태 무랑과 무적십대, 신통십대가 행해야 한다.

태무랑은 지필묵을 가져오게 하여 서찰을 쓰기 시작했다.

잠시 후 그는 서찰을 신풍개에게 주어 북경의 원각선사에 게 보내라 이르고 일어섰다.

"준비해라. 내일 아침에 북경으로 출발한다."

자정이 거의 다 되어갈 무렵이 돼서야 태무랑은 침실로 들어갈 수 있었다.

그런데 이상하게도 침실에는 아무도 없었다. 아리따운 네 명의 부인이 호들갑을 떨면서 자신을 맞이해 줄 것이라고 기대했던 태무랑은 좀 맥이 빠졌다.

하지만 그는 옷을 훌훌 벗고 알몸이 되어 침상 위 이불 속으로 들어갔다. 누워 있다 보면 그녀들이 돌아올 것이라고 생각했다.

오늘 하루 종일 눈코 뜰 새 없이 바빴지만 조금도 피곤하지 않았고 잘 생각도 들지 않았다.

지난 반년 동안 그는 거의 하루도 거르지 않고 매일 밤 네 명의 부인과 고루 정사를 나누었다.

그러다 보니까 이제는 그것이 하루를 마감하는 마지막 일과처럼 돼버렸다.

네 명의 부인과 흐벅지게 정사를 나누어야지만 비로소 깊은 잠에 들 수 있게 된 것이다.

척—

태무랑이 오래 기다리지 않아서 방문이 열리고 누군가 들어섰다.

아내들이겠거니 짐작하고 있던 태무랑은 들어선 사람의

호흡과 심장박동을 접하고 가볍게 어이없다는 표정을 지었다. 들어선 사람이 소아상이라는 것을 감지한 것이다.

그의 머리가 빠르게 회전했다. 그리고 곧 결론에 도달했다. 수월화가 소천군을 직접 만나서 뭔가 결단을 내렸을 것이라는 사실이다.

그리고 그 결단이 소아상을 받아들이는 쪽이었을 것이라고 짐작했다.

'이런 바보 같은 짓을……'

그는 벌떡 일어나면서 침상에서 내려오려고 이불을 걷었다.

그때쯤 그가 짐작했던 대로 방에 들어선 소아상은 침상 앞에 이르러 있었다.

"상아……."

태무랑은 착잡한 표정을 지었다. 그는 소아상을 잘 타일러서 내보내야겠다는 생각을 했다.

정말이지 그는 소아상을 한 번도 여자로 여겼던 적이 없었다. 그녀는 누이동생 같은 존재였을 뿐이고 앞으로도 그럴 것이다.

그런데 소아상이 놀란 표정으로 태무랑의 몸 어느 곳을 쳐다보고 있었다.

그녀의 시선이 고정되어 있는 곳은 침상에 앉아 있는 태무랑의 하체, 즉 음경이다.

그는 잠시 후에 네 명의 부인과 뜨거운 정사를 나눌 것이라는 상상을 하고 있었기 때문에 음경이 커질 대로 커져 버린 상태였다.

소아상은 남자의 음경을 난생 처음 본다. 저렇게 엄청난 것이 남자의 사타구니에 달려 있을 것이라고는 상상조차 해본 적이 없었다.

확!

움찔 놀란 태무랑은 급히 이불로 하체를 덮었다.

그때 갑자기 소아상이 옷을 벗었다. 나신에 겉옷 하나만 살짝 걸치고 있었기 때문에 간단한 동작만으로 옷이 바닥에 흘러내리고 그녀는 곧 전라의 몸이 됐다.

"무랑가……. 령 언니가 소녀를 보냈어요……."

이 모든 것은 수월화가 안배한 것이다. 소아상은 그녀가 하라는 대로 따랐다.

수월화는 그렇게 하면 태무랑의 여자가 될 수 있다는 믿음을 심어주었다.

"상아, 너……."

"제발… 소녀를 내치지 마세요……."

침상에 걸터앉은 자세인 그의 앞에 갑자기 소아상이 무릎을 꿇으며 눈물을 흘렸다.

그녀는 비 오듯이 눈물을 흘리면서 태무랑을 올려다보며 구슬프게 흐느꼈다.

"흑흑. 무랑가는 벌써 잊었나요? 그 지옥 같은 곳에서 소녀는 오직 무랑가만 의지하면서 견뎠어요. 그때 이후 소녀는 무랑가 없이는 아무것도 안 돼요. 무랑가 곁에 있지 않고는… 소녀는 죽은 목숨이나 마찬가지예요. 흑흑."

"상아……."

태무랑은 소아상의 말을 듣고 문득 지옥, 즉 지중옥에서의 처참했던 일들이 떠올랐다.

그 당시에 소아상은 태무랑을 의지했었다고 말하지만, 사실은 그도 소아상을 어느 정도 의지했었다.

무완룡으로서 지독하게 당할 때나, 삼장로의 시험 대상으로 거의 다 죽어가는 상황에서도, 소아상을 생각하면서 희망을 품었고 기운을 차렸었다.

"무랑가… 소녀에겐 그때나 지금이나 같아요. 무랑가가 곁에 없으면 숨이 멎을 것만 같아요. 그러나 죽음이 두려운 것이 아니라 죽으면 더 이상 무랑가를 볼 수 없다는 사실이 너무나 두려워요……."

그녀는 눈물범벅이 되어 자신의 양쪽 손목을 들어 올렸다.

"이걸 보세요. 그때 무랑가가 돌아오지 않아서… 소녀는 죽으려고… 몇 번이나 손목을 물어뜯었어요. 그런데도 끈질

긴 목숨은 죽어지지도 않더군요……. 으흑흑."

태무랑의 눈이 놀라움으로 커졌다. 소아상의 양쪽 손목에는 징그러운 흉터가 있었다.

칼이나 예리한 흉기에 베인 것이 아니다. 그녀 말대로 이빨로 물어뜯어서 생긴 흉터가 분명했다.

그녀에게 그런 흉터가 있다는 사실을 처음 알고 그는 적잖이 놀랐다.

지중옥에는 무기가 없었으므로 그녀가 죽음을 결행하려면 그 방법밖에는 없었을 것이다.

태무랑은 그 당시에 소아상이 그토록 절박했었다는 사실을 몰랐었다.

아니, 생각해 본 적이 없었다. 그는 마지막 실험을 당하는 날에 우연찮게 지중옥에서 탈출하게 되어 거친 세파에 부딪치느라 소아상에게 신경을 쓸 겨를조차 없었다.

그러나 이제 돌이켜서 생각해 보니까 당시의 그녀로서는 그런 마지막 선택을 할 수밖에 없는 상황이었다.

영문도 모른 채 납치되어 지중옥에 감금된 상황에서 오로지 태무랑만 의지하고 있던 소아상에겐 그가 돌아오지 않는다는 사실은 죽음보다도 두려웠을 것이다.

그래서 그녀는 태무랑이 없는 지옥 같은 삶보다는 차라리 자결을 선택했던 것이다.

그런데 모진 목숨이 쉽게 끊어지지 않아서 수없이 손목을 물어뜯었다. 이빨로 손목, 즉 핏줄을 물어뜯는 일은 결코 쉽지 않았을 터이다.

한 번 물어뜯을 때마다 과연 그녀는 어떤 심정이었고 무슨 생각을 했었을까.

거기까지 생각한 태무랑은 더 이상 견딜 수가 없었다. 그는 소아상이 너무 불쌍하다는 생각에 손을 뻗어 그녀의 머리를 쓰다듬었다.

"상아."

"으흑흑. 무랑가… 소녀는……."

"그럴 줄은 몰랐구나. 미안하다."

"무랑가! 흑흑흑!"

소아상은 그의 무릎에 얼굴을 묻으면서 울음을 터뜨렸다. 그런데 그 상황에서 그의 하체를 덮었던 이불이 바닥으로 흘러내리고 말았다.

그 바람에 우연찮게도 그녀는 그의 하체에 얼굴을 묻는 자세가 돼버렸다.

*   *   *

영정하를 오가는 수많은 배들 중에 커다란 한 척의 상선이 섞여 있다.

그리고 그 배의 깃발에는 '연지상련'이라는 네 글자가 적혀 있었다.

연지상련은 남경 읍강포구에 본거지를 두고 있는데 이 상선은 보름 전에 그곳에서 출발했다.

상선의 갑판에는 짐이 잔뜩 실렸으며, 수십 명의 장사치와 일꾼이 부지런히 오가고 있는 광경이다.

하지만 그 장사치와 일꾼들이 무적신룡맹의 무맹 휘하 고수들이며, 배에 실려 있는 짐들은 그들이 앞으로 북경에서 지내는 동안 사용해야 할 물건들이라는 사실을 아는 사람은 그들 외에는 없었다.

배는 상선으로써는 크지 않은 편이었으나 그리 크지 않은 강인 영정하 상류에서는 큰 축에 속했다.

상선은 거센 물살을 헤치면서 상류를 향해 거침없이 나아가고 있었다.

"알았나?"

"잘 알겠습니다."

난간가에 나란히 서 있는 태무랑과 소천군의 대화다.

소천군은 보름 전에 남경을 출발한 이후부터 지금까지 틈이 나기만 하면 귀찮을 정도로 태무랑을 쫓아다니면서 똑같은 말을 계속하고 있다.

"바람피우면 절대 안 된다. 여자는 다섯 명의 부인으로 끝내야만 하느니라."

"네, 할아버님."

그러면 태무랑은 귀찮은 표정을 짓지 않고 공손히 고개를 조아리며 대답했다.

"그래. 그래야만 하느니라."

보름 전까지만 해도 소천군에게 태무랑은 손자였으나 이제는 손녀사위가 됐다.

한층 더 가까운 사이, 즉 가족이 된 것이다. 하지만 손자였을 때에는 관심조차 갖지 않았던 일에 대해서 신경을 쓰게 되었다.

태무랑이 다섯 부인을 제외한 다른 여자들과 엮이지는 않는지 두 눈 부릅뜨고 지켜봐야 하는 것이다.

그렇게 하기로 수월화와 약속한 것도 있지만, 손녀 소아상을 위해서라도 그래야만 한다.

태무랑이 부인을 더 얻는 것은 소아상에게는 불행한 일이니까 말이다.

태무랑은 이번 북경행에 연지를 놔두고 수월화와 벽교상, 옥령을 데리고 왔다.

그녀들은 그의 부인이라는 신분을 떠나서 초절고수 수준

인 최측근이기 때문이다.

그런데 보름 전에 태무랑의 부인이 된 소아상도 이 배에 타고 있다.

그녀는 무공을 전혀 못한다. 그런데도 소천군은 자신이 책임지고 보호하겠다면서 그녀를 데리고 왔다. 그것에 대해서 이의를 제기할 사람은 아무도 없었다.

소천군이 어째서 소아상을 데려왔는지 모르는 사람은 이배에 아무도 없다.

태무랑 측근에 수월화와 벽교상, 옥령이 있기 때문에 어떻게든 소아상도 그녀들 틈에 끼게 하고 싶어서다.

몸이 멀어지면 정도 멀어진다고 하지 않는가. 새색시가 된지 보름밖에 안 되는 소아상을 남경에 남겨둔다면 행여 태무랑하고 조금이라도 멀어질까 봐 그것마저도 염려하는 소천군이었다.

"할아버님, 자금성의 고위관리들이……."

"무랑 너, 미료나 한천, 청미하고는 어떤 관계냐?"

태무랑이 이번에 북경에 가는 일에 대해서 의논을 하려고 입을 여는데, 소천군은 자신의 관심사만 심각한 표정으로 파고들었다.

태무랑은 빙그레 미소 지었다.

"그녀들이 제 측근이라는 사실은 할아버님께서도 잘 알고 계시잖습니까?"

"그런 거 난 모른다."

소천군은 자신이 점점 치사해지고 있다는 것을 느끼면서
도 어쩔 수 없다고 생각했다.

사람이란 처음에 치사하게 구는 것이 어렵지 한두 번 치사
한 행동을 하고 나면 그다음에는 일사천리다. 치사함의 끝을
보려고 한다.

"어쨌든 너 미료나 한천, 청미하고 너무 가까운 것 같더라.
거리를 두는 것이 좋을 게야."

"알겠습니다."

의심할 것을 의심해야지. 태무랑의 종을 자처하는 미료나
누나인 한천궁주, 그리고 죽은 경뢰궁주의 제자였던 청미까
지 여자로 본다면 태무랑은 정말 피곤해진다.

하지만 그는 그것마저도 뭐라고 하지 않고 공손히 고개를
숙이며 그러겠다고 했다.

"주군, 곧 도착합니다."

그때 맹오가 달려와서 공손히 보고했다. 그 덕분에 태무랑
은 소천군에게서 풀려날 수 있었다.

이각 후. 태무랑 일행이 탄 상선은 북경 서남쪽 원평현(苑
平縣)의 포구에 접안했다. 원평에서 북경까지는 이십여 리로

가까운 거리다.

포구에는 십여 명의 장사꾼으로 보이는 장한들이 태무랑 일행을 기다리고 있었다.

하지만 사실 그들은 무당파의 제자들로서 사람들의 이목을 피하기 위해서 장사꾼으로 변장을 했다.

그들은 여러 대의 마차와 수레를 가져왔으며, 태무랑 일행은 마차와 수레에 나누어 타고 또는 필요한 짐을 싣고 포구를 떠났다.

그리고 잠시 후에 마차와 수레들은 원평현 내의 어느 평범한 장원 안으로 굴러 들어갔다.

장원에서는 무적구대와 신룡십대 대주 십구 명이 기다리고 있다가 태무랑 일행을 맞이했다.

십구 명의 대주도 평범한 복장으로 위장한 모습이었다.

일각 후에 어느 넓은 방에 태무랑과 측근들, 그리고 무맹 휘하 대주 십구 명이 모였다.

단상에는 세 개의 태사의가 있으며 한가운데 소천군이, 좌우에는 무령왕과 태무랑이 앉았다.

그리고 세 사람의 뒤쪽에는 수월화와 벽교상 등 측근들이 길게 늘어서 있다.

단하의 양쪽에는 십구 명의 대주가 서로 마주 보면서 두 줄로 서 있었다.

원각선사가 두툼한 책자 한 권을 들고 단상 앞으로 와서 공손히 두 손으로 바쳤다.

"아미타불. 여기에는 자금성 육부(六部)의 우두머리인 상서(尚書)와 그 아래 좌, 우시랑(左右侍郎), 도찰원(都察院)의 좌, 우도어사(左右都御史), 그 아래 감찰어사(監察御史), 순안어사(巡按御史), 군부(軍部)의 구문대도독(九門大都督)과 오군도독(五軍都督), 십삼포정사(十三布政使), 이십륙안찰사(二十六按察使) 등에 대해서 조사한 내용들이 자세하게 기록되어 있습니다."

먼저 이곳에 도착했던 무적구대와 신룡십대는 그동안 태무랑의 명령으로 자금성 고위관리들에 대해서 세밀하게 조사했었다.

그들은 화명군이 직접 임명한 직속 수하이며 측근들이기 때문에 그들을 일시에, 그리고 한꺼번에 제거하면 자금성은 공백 상태가 돼버린다.

이후 무령왕이 즉각 자금성에 입성하여 새 각료(閣僚)들을 임명하고 황권을 장악하여 새로운 황제에 즉위한다.

그렇게 되면 대명제국은 고스란히 무령왕 수중에 들어가고 봉래현에 있는 화명군은 고립되고 말 것이다.

그것이 태무랑과 소천군, 무령왕, 무적신룡맹의 수뇌부가 심사숙고 끝에 내린 첫 번째 계획이었다.

소천군이 원각선사에게서 책자를 받아 대충 읽어보고는 무령왕에게 넘겼다.

자금성이나 정사(政事)에 대한 식견은 무적신룡맹 내에서 무령왕이 가장 탁월하다.

그는 책자를 처음부터 세밀하게 살펴보고 나서 미소를 지으며 원각선사를 치하했다.

"훌륭하오. 애썼소."

"별말씀을."

무령왕은 책자를 태무랑에게 건넸다.

"읽어보게."

그는 태무랑이 책자를 다 읽기를 기다렸다가 진지한 표정으로 말했다.

"그들 중에서 몇 명은 죽이지 말고 생포해서 데려왔으면 좋겠네."

"회유하시렵니까?"

태무랑이 의중을 간파하고 묻자 무령왕은 고개를 끄덕였다.

"그렇네. 그들은 선황(先皇) 대의 충신들일세. 그들이 화명군 밑에서 일하고 있었다면 아마도 그만한 이유가 있었을 것이라고 생각하네."

"그렇겠군요."

무령왕이 칭찬할 정도의 충신이라면 목숨이 아까워서 화명군에게 복종하지는 않았을 것이다.

태무랑은 다시 책자를 무령왕에게 건넸다.

"그 사람들이 누군지 아버님께서 표시해 주시면 생포하도록 하겠습니다."

"알겠네."

이어서 태무랑은 원각선사를 보며 물었다.

"준비는 해두셨소?"

"책자에 기록된 자들을 철저하게 미행, 감시하고 있으며 그들이 사는 장원의 내부도와 경계 등에 대해서 상세하게 조사해 두었습니다."

태무랑은 가볍게 고개를 끄덕였다.

"내가 직접 그들을 살펴본 후에 결행하도록 합시다."

원각선사 등이 철저하게 조사를 했겠지만, 그래도 백무일실 철저를 기하기 위해서 태무랑이 직접 살피려는 것이다. 만에 하나라도 책자의 내용과 다른 것이 있다면 그것 때문에 계획 전체가 실패할 수도 있기 때문이다.

제궤의혈(堤潰蟻穴), 작은 개미구멍 하나가 제방을 무너뜨린다고 하지 않았는가.

"고수들은 어떻게 배치했소?"

태무랑의 물음에 승복을 벗고 평범한 일반인 복장을 하고 손에는 방갓을 쥐고 있는 원각선사가 공손히 대답했다.

"북경에서 이, 삼십여 리 거리의 여러 마을에 분산해서 배치했소이다. 명령만 내리시면 언제든지 반 시진 안에 공격을 개시할 수 있소."

"지금은 발각되지 않는 것이 최선이오."

"만전을 기하고 있소이다."

＊　　　＊　　　＊

해시(밤 10시) 무렵.

북경 성내 동직로(東直路)에는 고관대작이나 장군들의 저택이 많은 것으로 유명하다.

그중 한 장원의 심처에서 아까부터 계속 나직한 한숨 소리가 새어 나오고 있다.

쪼르르.

탁자 앞에 꼿꼿하게 앉은 초로의 한 인물이 잔에 술을 따르고 있다.

몇 가지 맛깔스러운 요리가 있는데도 그는 젓가락을 들지도 않은 채 연거푸 술만 마시는 중이다.

검고 흰 반백의 탐스러운 수염을 한 뼘 정도 기르고, 두툼

한 입술을 지녔으며 형형한 눈빛을 흘리고 있는 그는 대명제
국의 오군(五軍) 중에서 동군(東軍)을 총괄하고 있는 동군도
독(東軍都督) 양자광(梁慈光)이라는 인물이다.

"휴우……."

그는 또다시 긴 한숨을 내쉬고는 술잔을 들어 들이붓듯이
마시고 잔에 술을 따랐다. 그는 벌써 한 시진째 이 행동을 계
속하는 중이다.

그의 모습을 보면 속에서 울화가 치밀어 오르고 또 하고 싶
은 말이 켜켜이 쌓여 있는 듯했다.

척—

그가 다시 술잔을 들 때 문이 열리고 후덕한 용모의 중년
부인이 들어섰다.

그녀는 걱정스런 얼굴로 양자광에게 다가와 맞은편에 다
소곳이 앉았다.

"여보, 무슨 걱정이 있어요?"

"아무것도 아니오."

중년 부인은 양자광의 부인이다. 그녀는 양자광의 얼굴을
조심스럽게 살피고 나서는 조금 용기를 내서 말했다.

"새 황제께서 즉위하신 이후부터 당신은 늘 어두운 표정이
었는데 요즘 들어서 더욱 심하신 것 같군요. 필경 무슨 일이
있는 것이……. 읍!"

그때 양자광이 급히 팔을 뻗어 손으로 부인의 입을 틀어막았다. 그리고는 긴장된 얼굴로 창밖의 동정을 살폈다.

자신을 감시하고 있는 자가 방금 부인이 한 말을 들었다면 좋지 않을 것이기 때문이다.

부인은 놀라서 눈을 동그랗게 뜨고 깜빡거리며 양자광의 얼굴을 쳐다보았다.

이윽고 양자광은 천천히 부인의 입에서 손을 떼고 돌덩이처럼 굳은 표정으로 검지를 세워 자신의 입에 댔다. 아무 말도 하지 말라는 뜻이다.

그리고는 다시 술잔을 잡으면서 아무렇지도 않은 표정을 지으려고 애쓰며 말했다.

"밤이 늦었으니 가서 자구려."

부인은 뭔가 석연치 않은 표정을 지으면서도 마지못해서 일어나 방을 나갔다.

"휴우……."

양자광은 문이 닫히고 잠시가 지난 후에 다시 땅이 꺼질 듯 긴 한숨을 토했다.

"양 도독."

"헛?"

그런데 갑자기 등 뒤에서 조용한 목소리가 들리자 그는 움찔 놀라 벌떡 일어나며 뒤돌아보았다.

"아……."

그러나 그는 방금 전보다도 더 놀라서 눈을 크게 떴다.

그의 앞에는 언제 나타났는지 선풍도골의 청년 한 명이 표홀히 서 있었다.

처음에 양자광은 상대가 사람이라는 생각이 들지 않았다. 필경 사람 모습을 한 신선이거나 자신이 헛것을 보고 있을 것이라고 생각했다.

"…누구시오?"

그는 놀라움을 감추지 못하고 조심스럽게 물었다. 자신이 감시를 당하고 있다는 사실도 망각했다.

"무엇을 괴로워하고 있소?"

청년은 오히려 반문했다. 그는 천천히 다가와서 양자광에게 앉기를 권하고 자신은 조금 전에 부인이 앉았던 자리에 앉았다.

무척이나 자연스러운 행동이다. 마치 자신의 집에서 손님을 맞이하는 듯한 동작이라서 양자광은 얼떨결에 엉거주춤 의자에 앉고 말았다.

"나는……."

양자광은 하마터면 청년의 물음에 대답할 뻔했다. 그러다가 문득 지금의 상황에 번쩍 정신이 들었다.

"귀하는 누구시오?"

그래서 그는 여전히 놀라움이 가득 떠올라 있는 얼굴로 다시 물었다.

청년은 엷은 미소를 지으며 대답했다.

"나는 태무랑이오."

"태무랑⋯⋯."

양자광은 처음 듣는 이름이라는 듯 고개를 갸웃거렸다. 그러나 그는 곧 정신이 번쩍 들었다.

"아! 귀하는⋯⋯."

자신이 가장 존경하는 인물과 '태무랑'이라는 이름이 어디에서든 반드시 함께 나란히 붙어서 거론되었다는 사실을 기억해 낸 것이다.

태무랑은 담담히 고개를 끄덕였다.

"그렇소. 나는 무령왕 전하와 함께 있소."

"아⋯⋯."

커다란 놀라움에 나직한 탄식을 흘렸던 양자광은 자신이 가장 존경하는 인물, 즉 무령왕이 오래전에 죽었다는 사실을 기억해 냈다.

"하지만⋯ 그분은 돌아가시지 않았소?"

"나도 죽었다는 소문이 나지 않았었소?"

"그렇소. 무적신룡도 그 당시에 죽었다고 들었소."

태무랑은 빙그레 미소만 지었다. 그 미소는 죽었다는 자신이 살아 있으므로 무령왕도 살아 있다는 의미를 강하게 내비치고 있었다.

양자광의 눈이 휘둥그레졌다.

"설마… 무령왕 전하께서 살아 계시는 것이오?"

"그렇소. 그분을 뵙고 싶소?"

"물론이오!"

양자광은 반색을 하며 벌떡 일어섰다. 하지만 그는 곧 크게 당황하여 허둥거렸다.

"아아… 이를 어쩐다……."

자신이 감시를 당하고 있다는 사실을 뒤늦게 깨닫고 소스라치게 놀란 것이다.

그러므로 지금까지 자신과 태무랑이 나눈 대화를 감시자가 모두 들었을 것이라고 생각했다.

태무랑은 빙그레 미소 지으며 일어섰다.

"당신을 감시하고 있는 자들은 아무것도 보고 들을 수 없으니 안심하시오."

"……."

양자광은 놀라는 표정을 지었으나 태무랑이 무림고수라는 사실을 알고 있기에 그가 감시자들을 어떻게 했을 것이라고 짐작했다.

그러나 감시자가 아니라 감시자들, 즉 '들'이라는 말에 양자광은 의아했다. 그는 감시자가 한 명뿐이라고 알고 있었기 때문이다.

"감시자가 한 명이 아니었소?"

"세 명이오."

"아……."

양자광은 놀라서 입을 다물지 못했다.

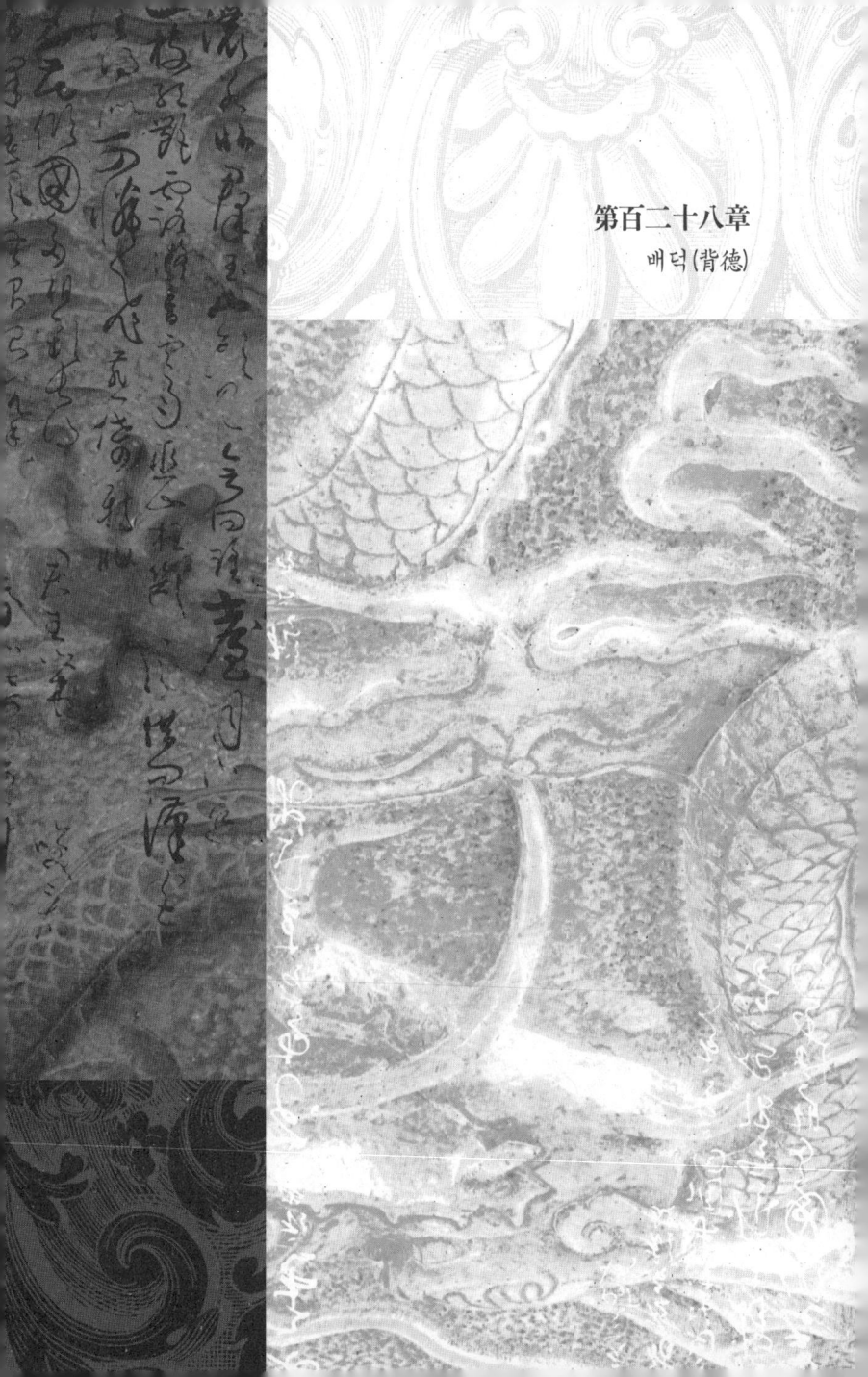

第百二十八章

배덕(背德)

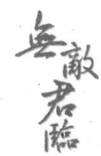

　원각선사가 조사한 자금성의 고위관리 수는 총 팔십삼 명이었다.

　그리고 무령왕이 그중에서 충신이었다고 표시한 사람은 다섯 명이다.

　양자광은 그 다섯 명 중 하나다. 태무랑은 고위관리 팔십삼 명을 일일이 조사하는 과정에서 충신 다섯 명을 더 유심히 살펴보았다.

　하지만 그들의 일상사에서 특이한 점은 발견할 수 없었다. 말하자면 그들을 '충신'이라고 여길 만한 모습을 발견하지 못했다는 것이다.

어쩌면 그들은 감시자들이 있기 때문에 눈에 띄는 행동을 할 수 없었을지도 모른다.

그런데 오늘 밤에 양자광이 몹시 괴로워하는 모습을 발견했으며, 그의 부인이 '새 황제의 등극 이후에 양자광이 괴로워하고 있다' 라고 말한 것을 들었다. 그래서 태무랑은 그를 무령왕에게 데려오기로 결정한 것이다.

태무랑은 비밀을 위해서 양자광의 혼혈을 제압한 후에 일행이 묵고 있는 원평현의 장원으로 데리고 왔다.

이어서 혼혈을 풀어주고 그와 함께 어느 방으로 들어갔다.

척—

그림자 미료가 문을 열어주자 태무랑과 바짝 긴장한 양자광이 안으로 들어섰다.

실내로 채 두 걸음도 떼지 않았을 때 양자광은 탁자 앞에 꼿꼿한 자세로 앉아 있는 무령왕을 발견하고 그 자리에 얼어붙었다.

"아아⋯⋯."

양자광은 눈을 크게 부릅뜨고 쳐다보았다. 아무리 봐도 무령왕이 틀림없다.

그는 자신의 뺨을 꼬집어보았다. 아프다. 그렇다면 역시 꿈도 아니다. 이것은 현실이다.

그는 비틀거리면서 걸어가 무령왕 서너 걸음 앞에 멈추고
는 정신이 반쯤 나간 상태로 중얼거렸다.

"아아… 정말…… 무령왕 전하십니까?"

무령왕은 앉은 채 그를 보며 특유의 위압적이면서도 자상
한 듯한 엷은 미소를 지었다.

"자광, 오 년 전에 서악(西岳)에서 본 이후 처음이로구나."

"아아… 무령왕 전하…….."

양자광은 다리에 힘이 풀린 듯 그 자리에 주저앉아 절하며
고개를 한껏 조아렸다.

"소신 양자광… 무령왕 전하를 뵈옵니다."

무령왕과 양자광이 마지막으로 만났던 것은 서악 화산(華
山)이었다.

그 당시에 무령왕과 형 현도왕은 여러 장군을 이끌고 화산
에서 며칠 동안 사냥 유희를 즐겼었다. 그것을 기억하고 있다
면 무령왕이 분명하다.

양자광이 흘린 눈물이 바닥을 홍건하게 적셨다. 눈물이 멈
추지 않았다.

그는 병약한 선황의 뒤를 이어서 무령왕이 새 황제가 돼야
한다고 믿었고 또 강력하게 추진했던 많은 충신 중 한 사람이
었다.

그러나 이 년 반 전에 갑자기 선황이 붕어하고 현도왕이 새로운 황제로 즉위했었다.

또한 많은 충신들이 따르던 무령왕이 역모로 인해서 처형당하는 일이 발생했었다. 그때 많은 충신들이 큰 충격을 받아 머리를 풀어헤치고 통곡을 했었다. 양자광도 그중 한 사람이었다.

현도왕은 황제가 된 이후 선황에게 충성을 바쳤던 수많은 충신들에게 각종 누명을 뒤집어씌워서 처형을 하거나 유배를 보냈었다.

하지만 현도왕은 자신이 필요로 하는 충신들 몇몇의 목숨은 살려두었다.

그들은 매우 중요한 직책에 있거나 추종자들이 많기 때문에 그들을 죽이면 피해가 크기 때문이었다.

양자광의 경우는 후자였다. 그는 군부 내에서 영향력이 지대하기 때문에 그에게 무슨 일이 발생할 경우에는 군부 전체를 장악하거나 통솔하는 것에 지장이 생긴다.

그 덕분에 그는 살아남았으며 오군의 동군도독으로 임명되어 지금까지 목숨을 연명해 왔다.

하지만 현도왕의 끊임없는 폭정에 진저리가 쳐졌다. 더구나 천만대군 양성으로 중원천하는 지옥이나 다름없는 곳으로 전락해 버렸다.

그것 때문에 양자광은 업무를 볼 때나 집에 돌아와서 쉴 때에도 도무지 마음이 편하지 않았었다.

천만대군을 양성하는 것만으로도 대륙 전체가 피폐할 대로 피폐해졌는데, 막상 전쟁이 시작되면 대륙 전체가 거덜 나고 말 것이다.

그것은 바보가 아닌 다음에야 그 상황이 돼보지 않고서도 충분히 짐작할 수가 있다.

더구나 현도왕이 원하던 천만대군과 일만 척의 군선 건조가 조만간 이루어질 것이기 때문에 이웃나라들과 상대로 전쟁을 일으킬 것이 분명해졌다.

그렇기 때문에 그 걱정으로 양자광의 속은 바짝바짝 타들어가고 있었던 것이다.

"일어나라."

"전하……."

무령왕의 말에 양자광은 비 오듯이 눈물을 흘리는 얼굴을 들어 그를 우러러보았다.

무령왕은 앉은 채 손을 뻗어 일어나라는 시늉을 해 보였다.

"자광, 네가 나를 도와줘야겠다."

양자광은 일어나지 않고 무령왕을 우러러보며 감격스러운 표정을 지었다.

"무엇이든… 소신이 할 수 있는 것이라면 목숨마저 서슴없

이 내놓겠습니다!'

＊　　　＊　　　＊

'기필코 지금보다 두 배 이상 강해져야만 한다……!'

단유천은 자신의 거처 삼층에서 창밖을 내다보며 지그시 어금니를 악물었다.

지난번에 태무랑은 동해군영에 침입하여 수월화를 구하고 또 단유천과의 싸움에서 그에게 치명적인 상처를 입히고는 유유히 사라졌었다.

그날 이후 단유천은 단 한순간도 그 일을 머리에서 지워본 적이 없었다. 그 일은 단유천에게 죽어도 씻을 수 없는 치욕을 안겨주었다.

어찌 그것을 잊을 수 있겠는가. 맹세하건대 그의 숨이 끊어지는 마지막 순간까지도 그 치욕의 일은 뇌리에서 잊히지 않을 것이다.

그는 수월화에게 한 움큼의 사심도 품고 있지 않았었다. 그녀는 그저 복수를 하기 위한 도구였을 뿐이다.

또한 그녀를 끌고 다니면서 학대하며 최소한의 위안으로 삼았던 것이 사실이었다.

단유천이 하늘 아래에서 사랑하는 사람은 오로지 옥령 한 여자뿐이었고 지금도 그 마음은 변함이 없다.

그러면서도 그녀를 강시로 만들려고 했던 것은 그럴 만한 이유가 있었다. 그녀가 자신이 사랑하는 남자는 태무랑뿐이라고 선언했기 때문이다.

원래 단유천은 그녀가 태무랑과 깊은 관계일지도 모른다고 짐작은 하고 있었다.

하지만 확인하려고 하지는 않았다. 만약 그것이 사실로 확인된다면 그 순간 자신이 얼마나 비참한 신세가 될는지 상상하는 것조차도 겁이 났었다.

그러나 그가 옥령을 범하려고 했을 때 그녀는 묻지도 않았는데 그 사실을 큰소리로 외치면서 반항했었다. 그때 단유천은 염려했던 대로 자신의 생애에서 가장 지독한 비참함을 맛봐야만 했다.

그래서 그녀를 강시로 만들려 했던 것이다. 그녀를 영원히 죽지도 살지도 못하게 만들어서 자신의 곁에 머물게 하려는 의도였었다.

그렇게 할 수 밖에 없는 현실이 더 비참했으나 그것은 생각하지 않으려고 애썼다.

그런데 단유천은 나중에서야 태무랑이 자금성에서 옥령을 구해갔다는 사실을 알게 되었다. 그녀는 강시가 되기 전에 기적적으로 살아난 것이다.

단유천은 가장 소중한 사람을 또다시 잃었다. 첫 번째에는 태무량이 옥령을 납치했었으며, 두 번째에는 구해갔다. 그로 인해서 단유천은 하늘이 무너지는 절망을 두 번이나 맛봐야만 했다.

그는 아직도 옥령을 포기하지 않았다. 그가 살아 있는 한 태무량에게서 옥령을 다시 되찾아올 것이다.

지금 그의 희망과 목표는 옥령을 되찾고 태무량을 죽이는 것뿐이다.

그렇게 할 수만 있다면 어떤 대가나 희생이라도 치를 각오가 돼 있다.

태무량에게 당했던 가슴의 상처는 깨끗이 완치되었다. 초음삼화경을 연공해서 초마신이 된 그는 몸이 절단되거나 숨이 끊어지지 않는 한 어떤 상처라도 스스로 치유하는 능력을 지니게 되었다.

그렇기 때문에 그때 태무량에게 당했던 상처는 이후 한 시진 만에 완치됐다.

'하는 수 없다. 그자만이 나를 지금보다 더 강하게 만들어 줄 수 있을 것이다. 그자의 얼굴을 보는 것도 싫지만… 지금으로선 그자에게 부탁하는 수밖에 없다.'

이윽고 단유천은 주먹을 움켜쥐면서 결심을 굳혔다. 그가 일컫는 '그자' 는 사부 화명군을 가리키는 것이다. 그는 사부를 사부로 여기지 않는다.

자신의 빗나간 야욕 때문에 제자를 이용하는 자는 더 이상 사부가 아니라고 생각한다.

하지만 지금 당장은 그가 절실히 필요하다. 화명군만이 단유천을 지금보다 훨씬 강하게 만드는 방법을 알 수 있을 것이기 때문이다.

단유천은 끝이 없을 것처럼 아래로 뻗어 있는 지하계단을 내려가고 있다.

지상으로부터 삼백 장 깊이의 지하에 화명군의 연공실이 위치하고 있다.

쿠우.

그때 둔중한 음향이 울리면서 계단과 주위의 벽 전체가 전율하듯이 진동했다.

단유천은 움찔 놀라면서 걸음을 멈추었다. 그와 동시에 어떤 생각이 번개처럼 머리를 스치고 지나갔다.

'혹시……'

방금 그 음향이 그가 우려하던 일이 현실로 이루어진 것일지도 모른다는 불안감이 생겼다.

쿠쿠쿠우.

음향이 계속됐다. 연이어 울리는 그 음향과 진동은 갈수록 거세졌다.

단유천이 알고 있는 초음삼화경의 최고 경지는 초마령이다.

그리고 화명군은 초마령에 오르기 위하여 하루의 거의 대부분을 이곳에서 전력으로 몰두해 왔었다.

또한 납치한 동녀들의 동순혈로 만든 환을 화명군 혼자서 구 할 이상 복용하고 있다.

초마령에 이르면 어떤 일이 벌어지는지, 어떤 능력을 발휘하는지 단유천은 알지 못한다.

단지 상상을 초월할 정도로 가공할 것이라고 막연히 짐작만 하고 있을 뿐이다.

단유천은 지금 자신이 듣고 있는 음향과 진동은 화명군이 초마령에 올랐거나 그 상황에 이르렀다는 신호가 아닐까 추측했다. 그것 외에는 달리 생각나는 것이 없다.

잠시 멈췄던 단유천은 갑자기 계단 아래를 향해 빛처럼 빠르게 쏘아 내려갔다.

계단 끝에 이른 그는 주위를 둘러보았다. 이곳에 처음 오는 터라서 화명군이 어디에 있는지 모른다.

화명군이 동해군영의 일을 거의 대부분 그에게 맡겨놓은 상황이라서 눈코 뜰 새 없이 바쁜 탓도 있지만, 애당초 화명군에게 추호도 관심을 갖고 있지 않았기 때문에 이곳에 오고 싶은 마음 자체가 없었다.

그러나 화명군이 초마령을 이루었을지도 모른다는 생각을
하자 마음이 조급해졌다.

기쁜 마음보다는 초조했다. 왜 초조한지는 모르겠지만 좋
지 않은 쪽인 것만은 분명하다.

그는 문득 가까운 지하통로를 지키고 서 있는 고수 한 명을
발견하고 다가갔다.

"사부님께선 어디에 계시느냐?"

"저쪽입니다."

고수의 말이 끝나기도 전에 단유천은 그가 가리킨 방향으
로 쏘아갔다.

통로 막다른 곳에는 하나의 석실밖에 없었다. 그 안에 화명
군이 있을 것이다.

스릉.

기관을 작동하자 석문이 열리고 그는 빨려들듯이 안으로
쏘아 들어갔다.

"……!"

순간 그는 움찔 놀라서 그 자리에 멈췄다. 실내에서 괴이한
일이 벌어지고 있었다.

넓은 실내의 한복판에는 바닥에서 석 자 높이의 석대가 있
고 그 위에 화명군이 가부좌의 자세로 앉아 있었다.

실내 전체가 핏빛이다. 핏물, 아니, 피바다 속에 화명군이 앉아 있었다.

그런데 피바다 전체가 은은한 광채를 발하고 있다. 그리고 투명해서 그 한가운데 앉아 있는 화명군의 모습이 선명하게 보였다.

또한 그 빛나면서 투명한 피바다 전체가 화명군을 중심으로 느릿하게 오른쪽으로 선회하고 있었다.

멈춰 서 있는 단유천의 몸 앞쪽 절반도 피바다 속에 들어가 있는 상태다.

그는 자신의 손을 들어 올려보았다. 하지만 손에는 아무것도 묻지 않았다.

쿠쿠쿠.

순간 갑자기 귀가 뻥 뚫리면서 굉렬한 음향, 아니, 굉음이 고막으로 쏟아져 들어왔다.

사실 음향은 원래부터 있었는데 실내로 들어오는 순간 너무 큰 굉음에 귀가 먹먹해서 듣지 못했던 것이다.

'이게 도대체……'

더구나 실내 전체가 마구 진동하고 있었다. 피바다가 회전하면서 진동을 일으키는 듯했다.

화명군은 두 팔을 앞으로 뻗어 손바닥을 위로 향한 자세로 눈을 감고 있으며, 단유천은 그의 뒤쪽에 서 있었다.

아마 화명군은 평범한 운공조식을 하는 것이 아닌 듯했다.

단유천은 그가 초마령의 최후의 단계를 진행하고 있는 것이라고 직감했다.

지금 실내에서 벌어지고 있는 놀라운 상황들이 그것을 증명하고 있었다.

쿠쿠쿠쿵.

그때 피바다의 회전 속도가 조금 더 빨라졌다. 그리고 진동이 더욱 거세졌다.

그런데 대체 굉음과 진동이 무엇 때문에 생기는 것인지 모를 일이다.

그 자리에 뿌리가 내린 듯 우뚝 선 채 놀라서 지켜보고 있던 단유천은 곧 그 이유를 알게 되었다.

바닥과 천장을 가득 뒤덮고 회전하고 있는 피바다 속에는 무수히 많은 원형의 알갱이들이 있었다.

단유천이 석실에 들어왔을 때까지만 해도 알갱이들은 손톱 정도 크기였고 또 피바다와 같은 색이어서 분간하기가 쉽지 않았다.

그런데 지금은 알갱이의 색이 피바다의 바탕색보다 조금 더 붉어졌으며, 점점 더 진해지고 있었다.

그리고 그 알갱이들이 회전하면서 서로 부딪치며 굉음과 진동을 일으켰다.

그것 때문에 실내 전체가, 아니, 밖에까지 거세게 진동하고 있었던 것이다.

또한 하나의 알갱이가 다른 알갱이하고 부딪치면서 조금 더 커졌다. 마치 알갱이가 알갱이를 잡아먹고 커지는 것 같은 광경이다.

그러면서 알갱이의 수가 점차 줄어들었다. 줄어든다고는 하지만 워낙 수가 많은 탓에 크게 줄어드는 것처럼 보이지는 않았다.

그리고 갈수록 피바다의 회전 속도가 빨라졌다. 그러면서 실내를 가득 뒤덮었던 피바다의 면적이 조금씩 줄어들었다. 하지만 진동은 그대로다.

조금 전까지 단유천의 몸 앞쪽 절반이 피바다 속에 있었으나 지금은 그의 앞 두 걸음까지 줄어든 상태다.

단유천은 제대로 정신을 차리지 못했다. 반쯤은 멍한 상태로 그 자리에 서 있었다.

도대체 지금 무슨 일이 벌어지고 있는 것인지도 알 수가 없는 상황이다. 정신을 똑바로 차려야 한다는 사실도 잊고 있을 정도였다.

쿠쿠쿵.

웅웅웅.

그때부터는 상황이 빨리 진행됐다. 아니, 어쩌면 단유천이 정신을 차리지 못하고 있는 시간이 길었는지도 모른다. 그러는 동안에도 상황이 진행되고 있었다.

어쨌든 그가 정신을 차렸을 때에는 피바다가 깨끗이 사라져 있었다.

그리고 믿을 수 없게도 단 하나의 알갱이만이 남은 상태다. 그 모든 것들이 사라졌다는 사실이 믿어지지 않았다.

그러나 피바다 속에 있던 수만 개의 알갱이들끼리 부딪쳐서 최후의 한 개가 남은 것이다.

그런데 그 알갱이는 더 이상 알갱이라고 부를 수 없는 크기가 돼버렸다.

수박 정도 크기인데 핏빛, 아니, 붉다 못해서 검게까지 보였으며 은은한 광채에 휩싸여 있었다.

그 핏빛덩어리가 화명군의 머리 위 한 자쯤에서 느릿하게 하강하고 있었다.

그것을 발견한 순간 단유천의 머릿속에서 어떤 생각이 번뜩였다. 이성도 뭣도 아니다.

그저 본능적인 것이다. 저 수박 크기의 핏빛덩어리를 자기 것으로 만들어야겠다는 생각, 아니, 욕심이 들었다. 저것이 초마령에 이르게 하는 핵심이라는 확신이 들었다. 그는 자신이 초마령에 도달해야겠다고 순간적으로 판단했다.

그는 눈을 부릅뜨고서 탐욕으로 얼룩진 표정을 지으며 미끄러지듯이 화명군의 뒤로 접근했다.

그러면서도 그는 자신이 무슨 행동을 하고 있는지 인식하지 못했다.

그가 가까이 다가섰을 때 핏빛덩어리는 화명군의 머리 위 한 뼘까지 하강하는 중이다.

슷―

화명군 뒤 한 걸음까지 이른 단유천은 핏빛덩어리를 향해 재빨리 오른손을 뻗었다.

다음 순간 핏빛덩어리가 그의 손에 닿으면서 찰나지간에 손과 팔을 타고 몸속으로 흡수됐다. 그는 깜짝 놀랐다. 그런 상황이 전개될 줄은 예상하지 못했던 것이다.

그때 화명군이 번쩍 눈을 떴다. 뭔가 잘못됐다는 사실을 깨달은 것이다.

그는 급히 머리 위를 올려다보더니 아무것도 없다는 것을 확인하고는 홱 뒤돌아보았다.

그때 핏빛덩어리가 흡수된 단유천의 온몸이 핏빛으로 물들고 있었다.

그리고 은은한 광채가 뿜어졌다. 그의 몸 자체가 혈광을 뿜어내는 것 같은 광경이다.

그는 정신이 나간 듯한 표정으로 몸을 부들부들 격렬하게 떨어댔다.

핏빛덩어리가 그의 몸속에서 혈맥을 타고 흐르면서 어떤 작용을 하는 것이 분명했다.

"흐으으… 이놈!"

그 광경을 보고 화명군의 얼굴이 분노로 물들었다. 이를 드러내며 눈에서 살기를 뿜어내더니 어느새 손을 뻗어 단유천의 목을 덥석 움켜잡았다.

콱!

화명군의 목적은 두 가지다. 먼저 단유천이 흡수한 핏빛덩어리, 즉 초마정혈(超魔精血)을 다시 뺏어오는 것이고, 그다음에는 단유천을 죽이는 것이다. 사부의 공든 탑을 가로채는 제자는 더 이상 제자가 아니다.

아니, 단유천에게 초음삼화경을 익히라고 지시했을 때부터 그는 제자가 아니었다.

단지 제물이었을 뿐이다. 그러므로 화명군은 제자를 죽이는 데 추호도 거리낄 것이 없다.

화명군은 아직 늦지 않았을 것이라고 생각했다. 지금이라도 강하게 빨아 당기면 단유천의 체내에서 초마정혈을 뽑아낼 수 있을 것이라고 확신했다.

그런데 그때 온몸이 핏빛으로 물들고 또 얼굴까지도 시뻘겋게 변한 단유천의 눈에서 번쩍 살기가 뿜어졌다.

그리고 그 순간 그의 가슴 한복판에서 주먹만 한 크기의 빛

같기도 한 시뻘건 핏물이 폭발하듯이 뿜어졌다.

스퍼.

핏물은 화명군의 가슴을 관통하여 등 뒤로 빠져나갔다. 워낙 가까운 거리에 있었고, 또 단유천이 그런 상황에서 급습할 줄은 예상하지 못했다. 그것은 실로 찰나지간에 일어난 일이었다.

"흐으……."

화명군은 한 손으로 단유천의 목을 움켜잡은 채 자신의 가슴을 내려다보았다.

그의 가슴에는 주먹 하나가 통째로 들어갈 만한 구멍이 뻥 뚫렸다.

믿어지지 않는 광경이다. 이런 일이 일어날 것이라고는 꿈에서조차 예상한 적이 없었다.

그러나 그게 끝이 아니다. 화명군은 자신의 구멍 뚫린 가슴을 내려다보던 자세 그대로 갑자기 몸이 혈수(血水)로 화해서 녹아내리기 시작했다.

"으어어……."

그것은 삽시간에 일어난 일이다. 방금 전까지만 해도 단유천의 목을 움켜잡고 있던 화명군은 바닥에 한 움큼의 혈수로 고이는 신세가 돼버렸다.

단유천의 가슴에서 발출되어 화명군의 가슴을 관통했던

시뻘건 물체는 핏물처럼 보이지만 빛(光) 같은 것이다. 그것
은 허공에서 크게 회전했다가 되돌아왔다.

스으.

그리고는 단유천의 몸에 이르러 마치 안개처럼 변하는 듯
하더니 그의 몸속으로 스며들었다.

"크으으……."

그런데 그는 고통스러운 신음을 흘리면서 비틀거렸다. 아
니, 비틀거리다가 나무토막처럼 그 자리에 쓰러졌다. 그리고
는 온몸을 떨면서 고통스러워했다.

"끄으으… 흐으어어……."

하지만 그는 고통이 극에 달한 상황에서도 한 가닥 흐릿한
의식을 지니고 있었다.

그는 자신이 초마령에 오르게 될 것이라는 사실을 확신하
면서 고통을 쾌락으로 즐겼다.

*　　　　*　　　　*

커다란 침상에는 태무랑을 비롯한 네 명의 부인이 깊이 잠
들어 있다.

언제나 그렇듯이 다섯 사람은 모두 알몸이다. 그리고 이불
속에서 서로의 몸이 칭칭 얽혀져 있다.

자고 있는 모습을 보면 네 여자의 각기 다른 성격을 잘 알 수가 있다.

지난밤에 태무랑과 네 여자는 한 덩이로 뒤엉켜서 두 시진에 걸쳐 질펀하게 정사를 나누었다.

그래서 거기에 충분히 만족한 수월화와 옥령은 그의 양쪽 팔베개를 베고 곤히 잠들어 있다.

아니, 사실 두 여자는 자신들이 원하는 것보다 열 배 이상의 만족감을 느꼈다. 매일매일 그런 만족의 연속이라서 꿈을 꾸는 것처럼 행복했다.

그런데 벽교상과 소아상의 모습이 보이지 않았다. 그녀들은 이불 속에 있기 때문이다.

수월화와 옥령이 태무랑의 양쪽 팔베개를 하고 자는 대신에 벽교상과 소아상은 그의 양쪽 다리를 활짝 벌리게 해놓고는 안쪽에서 마주 보는 자세로 허벅지를 베고 있다.

만족하지 않아서가 아니다. 태무랑의 양팔을 베고 자는 것보다는 아래쪽에서 허벅지를 베고 자면서 뭔가 할 일이 있기 때문이다.

두 여자가 이불 속에서 무엇을 하는지는 모른다. 단지 그녀들은 자다 깨다를 반복하면서 밤새도록 이불이 들썩거리고 있을 뿐이다.

넓은 대전에 태무랑과 소천군, 무령왕, 그리고 무적신룡맹의 열아홉 명 대주가 모여 있다.

단상의 세 개의 의자에는 복판에 소천군이, 좌우에 무령왕과 태무랑이 앉아 있으며 태무랑 뒤에는 수월화와 벽교상, 옥령이 나란히 서 있다.

오늘은 드디어 결행의 날이다. 오늘밤에 명부(名簿)에 적힌 팔십삼 명을 죽이고 또 더러는 생포한다.

이미 모든 준비는 끝난 상태다. 태무랑이 직접 나서서 진두지휘하면 길어야 반 시진 안에 상황이 종료될 것이다. 이변이 없는 한 말이다.

태무랑은 소천군을 보며 공손히 말했다.

"할아버님, 준비 완료입니다."

"음. 결행하라."

소천군은 가볍게 고개를 끄덕였다.

태무랑은 자리에서 일어나 무령왕에게 공손히 말했다.

"아버님, 준비하고 계십시오."

"알았네."

태무랑이 팔십삼 명을 모두 처리하는 즉시 무령왕이 자금성에 진입해야 하는 것이다. 그것은 또 별도로 준비가 완료되어 있는 상황이다.

태무랑이 수월화와 벽교상, 옥령과 함께 대전을 나서자 입구에서 대기하고 있던 미료와 한천궁주, 청미, 형구, 우경도, 맹오, 군통 등이 뒤를 따랐다.

전각 밖의 계단 아래에는 고수들이 구준마를 비롯한 말들을 대기해 놓고 있었다.

태무랑은 수월화의 허리를 안고 훌쩍 몸을 날렸다가 가볍게 구준마 등에 내려앉았고, 다른 사람들도 일제히 몸을 날려 말에 올라탔다.

태무랑이 구준마에 수월화와 함께 타는 것은 그녀만의 특권이다. 그것에 대해서는 아무도 뭐라고 하지 않는다.

"무맹주님, 잠깐만 기다리십시오!"

태무랑이 출발하려고 할 때 저만치 전각 모퉁이에서 한 명의 중년인이 달려나오며 외쳤다.

태무랑은 그가 개방제자로서 이곳에서 연락총책을 맡고 있다는 사실을 알고 있다.

"봉래현에서 급전이 도착했습니다."

개방제자는 구준마 옆에 이르러 태무랑에게 공손히 서찰을 받쳐 올렸다.

서찰을 읽는 태무랑의 표정이 가볍게 변했다. 봉래현에서 예기치 않았던 일이 벌어졌기 때문이다.

동해군영에서 대대적인 발표가 있었습니다. 단유천이 승상(丞

相) 겸 총사대장군의 지위에 올랐습니다. 동해군영에 있는 황제, 즉 화명군은 현재 와병(臥病) 중이라는 발표가 있었습니다. 그로 인해서 단유천에게 전권을 위임했다는 것입니다. 새로운 승상 겸 총사대장군은 봉래현 대광장에 전 고수와 군사들을 모아놓고 연설을 했습니다. 내용은 중원의 저항세력을 발본색원하고 동시에 해외정벌을 병행한다는 것이었습니다. 현재 만여 척의 군선이 모든 출전 준비를 마친 상황이며, 십만 명의 고수가 봉래현을 출발하여 남하(南下)하고 있습니다.

第百二十九章
구문제독(九門提督)

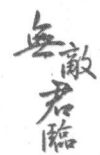

　태무랑은 서찰을 쥐고 다시 대전으로 들어갔다.

　소천군과 무령왕 등은 환담을 나누고 있다가 의아한 표정으로 태무랑을 쳐다보았다.

　태무랑은 가타부타 말없이 서찰을 내밀었다. 설명보다는 서찰을 직접 읽는 편이 더 빠를 것이기 때문이다.

　"읽어보십시오."

　소천군과 무령왕은 서찰을 읽고 나서 크게 놀라는 표정을 지으며 한동안 아무 말도 하지 못했다.

　뒤이어서 무적구대와 신룡십대의 대주들이 서찰을 돌려가

며 읽고는 아연실색하며 웅성거렸다.

소천군은 어이없다는 표정을 지으면서 고개를 절레절레 가로저었다.

"화명군이 와병 중이라니 말도 안 되는 소리."

무림인들은 웬만해서는 병에 걸리는 일이 없다. 더구나 화명군 같은 초절고수가 병에 걸려서 누워 있다니 얼토당토않은 소리다.

그러므로 화명군이 와병 중이라서 자신이 전권을 위임받았다는 단유천의 발표는 거짓말이 분명할 것이다.

무령왕은 심각한 표정으로 턱을 쓰다듬으며 중얼거렸다.

"화명군이 단유천에게 승상과 총사대장군직을 겸임시킬 리가 없소. 여태까지 행동으로 미루어 봤을 때 그자는 무엇이든 자신이 직접 해야지만 직성이 풀리는 자외다."

더구나 명대(明代)에 들어서는 권력이 분산되는 것을 막는 것과 동시에 황제가 전권을 장악하기 위해서 '승상'이라는 지위를 없애 버렸다.

그런데 그것을 다시 부활시키면서까지 단유천이 승상에 올랐다는 것이다.

창현진인이 고개를 끄덕였다.

"무량수불. 그렇습니다. 화명군은 모든 실권을 자신이 직접 휘두르고 또 전쟁 준비도 자신이 진두지휘했던 인물입니다. 그런 자가 갑자기 단유천에게 전권위임이라니… 뭔가 석연치 않습니다."

심각한 표정의 원각선사가 말을 받았다.

"아미타불. 그렇다면 결론은 한 가지뿐인 것 같습니다. 화명군의 신변에 중대한 변화가 일어난 것이 틀림없습니다. 그렇지 않고서야……."

대주들도 자신들의 생각을 내놓았다.

"원래 화명군은 자신이 마성에 물들지 않고 초음삼화경을 익히려는 목적으로 단유천을 이용했다고 하지 않았습니까? 그 사실을 알고 나서부터 단유천은 화명군을 매우 경원시한다고 알고 있습니다만."

일전에 태무랑은 자금성에서 삼장로를 제압해서 끌고 나와 심문한 적이 있었다. 그때 삼장로가 실토한 것 중에 그런 내용이 있었다.

누군가 조심스럽게 자신의 추측을 말했다.

"혹시 단유천이 화명군을 죽이거나 제압한 것이 아닐까요? 서찰의 내용으로 봐서는 그렇게밖에는 이해힐 수가 없을 것 같습니다."

"빈니도 같은 생각이에요. 화명군은 자신이 죽거나 항거불능의 상태에 빠지지 않고는 단유천에게 절대로 전권을 위임할 인물이 아니에요. 아니, 단유천이 제 스스로에게 그런 지위를 부여했겠지요. 느닷없이 자신이 황제가 돼버리는 것은 위험천만한 일이니까."

모두의 의견을 두루 듣고 난 태무랑은 소천군과 무령왕을 쳐다보았다.

"두 분 생각은 어떠십니까?"

두 사람은 심각한 표정으로 고개를 끄덕였다.

"내 생각도 같다."

"나도 같은 생각이네."

태무랑은 중인을 둘러보며 진지한 표정으로 말했다.

"화명군이 죽었거나 혹은 제압된 상태라는 것에 의견이 모아졌습니다."

실내에는 태무랑의 측근들까지 모두 들어와 있었다.

"화명군이 어쩌다가 그런 상황에 처했는지는 중요한 일이 아닙니다. 지금으로선 단유천의 첫 번째 행동이 무엇일까 하는 것이 가장 중요합니다."

"음. 그렇지. 무랑 네가 단유천이라면 제일 먼저 무엇을 하겠느냐?"

소천군이 고개를 끄덕이며 수긍하고 나서 물었다.

태무랑은 생각해 두었던 것처럼 즉시 대답했다.

"단유천은 저에게 복수하는 것을 무엇보다도 최우선으로 꼽을 것입니다."

"그래서 단유천이 무극신련 고수 십만을 남쪽, 즉 남경으로 보냈다고 생각하는 것이냐?"

"그렇습니다."

이번에는 무령왕이 고개를 갸웃거리면서 이해할 수 없다는 표정을 지으며 물었다.

"그렇다면 만여 척의 군선이 출전 준비를 마쳤다는 것은 무슨 뜻인가? 우리가 알고 있는 단유천은 전쟁 같은 것은 좋아하지 않잖은가?"

대주 중 한 명이 끼어들었다.

"출전하는 것은 화명군의 명령이 아니겠습니까?"

다른 대주가 고개를 가로저었다.

"그렇다면 그것은 단유천이 화명군을 죽였거나 제압했을 것이라는 추측하고는 다르지 않소?"

"음. 그것도 그렇구려. 이것 참."

단유천이 무극신련 고수 십만을 남하시켰다는 것은 남경으로 보낸 것이 분명하다. 그리고 그것은 과연 그다운 행동이다.

하지만 군선들이 출전 준비를 마쳤다는 것은 화명군다운 행동이다. 출전 준비란 전쟁 준비하고 같은 말이다.

단유천 한 사람에게서 나온 두 가지 행동을 대체 어떻게 해석해야 한다는 말인가.

태무랑이 결론을 내렸다.

"지금으로 봐선 단유천이 자신과 화명군 둘의 목적을 동시에 이루려는 것 같습니다. 그러므로 우리도 거기에 맞게 대응해야만 합니다."

단유천이 전쟁을 좋아하지 않는다는 사실은 덮어두기로 했다. 지금은 실제 벌어지고 있는 상황이 중요하다.

무령왕이 긴장된 표정을 지었다.

"그렇다면 오늘 밤 계획을 포기하는 것인가?"

태무랑은 고개를 가로저었다.

"아닙니다. 둘 다 대응할 계획입니다."

"둘 다? 어떻게?"

무령왕뿐만 아니라 모두들 의아한 표정을 지었다. 둘 다 대응한다는 것은 현재로선 무리라고 생각하기 때문이다.

태무랑은 엷게 미소 지었다.

"남경에는 단지 무극신련 고수들이 가고 있다는 사실을 알리기만 하면 된다고 생각합니다."

"알리기만 한다고?"

무령왕은 더없이 심각한 표정을 지었다.

"무극신련 고수가 무려 십만일세. 그들이 남경에 밀려들면 어렵게 일으킨 내 기반들이 다시 붕괴하거나 산지사방으로 뿔뿔이 흩어지고 말 거야. 그렇게 되면 이번에는 다시 일으키는 데 꽤 오랜 시간이 걸릴 걸세."

태무랑은 빙그레 미소 지었다.

"그런 염려는 하지 마십시오. 이제부터 아버님의 기반은 남경이 아니라 자금성이 될 것입니다."

태무랑은 무령왕의 놀라는 표정을 보면서 말을 이었다.

"그리고 제 소견이지만 무극신련 고수들은 남경에서 아버님의 기반을 건드리지 않을 것입니다. 단유천의 목적은 소자이기 때문입니다. 단유천이 아버님의 기반을 무너뜨릴 목적이라면 고수들이 아니라 군사들을 보냈을 것입니다."

무령왕은 놀라는 표정을 짓더니 잠시 후 고개를 끄덕였다.

"음. 그렇군."

무령왕의 기반이 이제는 자금성이라는 말은, 오늘 밤 계획을 포기하지 않을 것이며 또한 기필코 성공시켜야 한다는 뜻이기도 하다.

태무랑은 수월화에게 지시했다.

"령 매, 남경에 연락해서 최대한 조심하라고 해줘."

"알겠어요."

얼마 전부터 그는 여러 사람이 있을 때에는 되도록 부인들의 이름을 직접 부르지 않으려고 노력했다.

남경에 있는 태무랑과 무령왕의 기반에는 단지 조심하라고만 전하면 된다.

그러면 그들이 다 알아서 할 것이다. 액면 그대로 조심하기만 하면 되는 일이다. 무극신련 고수들에게 들키지 않도록 말이다.

태무랑은 소천군과 무령왕, 그리고 모두를 둘러보면서 단호한 표정을 지었다.

"오늘 밤 거사는 계획대로 결행합니다. 또한 무슨 일이 있어도 성공해야 합니다."

모두들 고개를 끄덕이고 주먹을 움켜쥐면서 각오를 새롭게 다졌다.

태무랑은 무령왕에게 말했다.

"아버님께선 지금 즉시 자금성으로 가십시오."

"지금?'

원래는 자금성을 완벽하게 장악한 후에 무령왕이 입성하기로 되어 있었다.

하지만 지금은 그럴 수 있는 상황이 아니다. 명부의 팔십삼 명을 처리하는 과정에 무령왕이 자금성에 입성해야 한다. 모두 처리한 다음에 입성하면 늦기 때문이다. 단유천이 북경에 진군을 시킨다든지 어떤 수를 쓰기 전에 자금성과 북경을 장악해야 하는 것이다.

어느 것 하나라도 실수가 있어서는 안 된다. 터럭만 한 실수라도 저지르게 되면 두 번 다시 이런 절호의 기회는 찾아오지 않을 것이다.

"비한은 어디에 있나?"

무령왕의 물음에 벽교상이 대답했다.

"그는 어머니, 할머님 등과 함께 자금성에 잠입했어요."

그녀는 무령왕을 보며 일러주었다. 그녀의 모친과 조모는 비한 등과 함께 행동하는 중이다.

"아버님께서 자금성에 가시면 그분들이 모든 것을 안내할 거예요."

"음. 알았다."

무령왕은 진지하게 고개를 끄덕였다.

태무랑은 소천군을 쳐다보았다.

"할아버님, 부탁합니다."

소천군과 무적구대, 신룡십대의 대주들이 무령왕과 함께 자금성에 가기로 되어 있다.

소천군은 모두를 한차례 둘러보고 나서 엷은 미소를 지으며 고개를 끄덕였다.

"변수만 생기지 않는다면 성공할 게다."

문제는 변수다.

팔십삼 명을 제거 혹은 회유하는 일 중에서 가장 중요한 구문대도독을 상대하는 일은 태무랑이 직접 나서기로 했다.

대명제국 병권의 최고 우두머리는 총사대장군이다. 지금

까지는 화명군이 황제이면서 총사대장군을 겸임했다.

그런데 화명군이 봉래현 동해군영에 있기 때문에 병권의 제이인자인 구문대도독이 공백상태인 북경과 자금성을 비롯한 중원의 병권을 관할하고 있다.

구문대도독은 편의상 구문제독이라고도 부르는데, 총사대장군 바로 아래의 지위다.

북경성의 아홉 개의 성문을 관할하는 것이 임무라서 구문제독이라고 부른다.

얼핏 일개 문지기처럼 들릴 수도 있지만, 황도인 북경을 수비한다는 것은 대명제국을 전체를 수비하는 것이나 같은 뜻이다.

그렇기 때문에 사실상 오군도독의 총수 대도독으로 군림하고 있는 것이다.

당금의 구문대도독, 즉 구문제독은 막야원(漠冶原)이라는 인물이다. 그는 선대 때부터 현재까지 장장 이십여 년 동안 절대적인 권력을 지니고 있다. 예전에는 오군도독이었으나 몇 년 전에 구문제독 신도평이 죽은 이후에 구문제독이 되었다.

막야원의 충성심과 신의는 공히 자타가 인정하고 있는 바다. 여북하면 선황이 무령왕과 막야원을 일컬어 좌청룡우백호라고 칭했었겠는가.

하지만 그가 화명군의 치하에서도 여전히 구문제독의 자리를 유지하고 있는 사실이 무령왕 등의 의구심을 사고 있다. 그렇기 때문에 무령왕은 그를 직접 만나서 확인해 볼 필요가 있는 것이다.

만약 그를 회유할 수만 있다면 무령왕은 아무런 충돌도 없이 자금성에 무혈입성(無血入城)할 수 있을 것이다.

그리고 자금성에 입성한 후에도 구문제독의 든든한 호위를 받을 수 있다. 그것은 실로 강력한 힘이 되어줄 터이다.

하지만 그 반대로 그를 회유하지 못한다면 사태는 복잡해질 수밖에 없다.

명부의 팔십삼 명 중에서 무령왕이 제거하지 말고 생포하라고 당부한 충신은 다섯 명이다.

그중에서 회유에 성공한 인물은 동군도독 양자광과 서창제독 한록(韓鹿)이다.

두 사람은 절친한 사이다. 그래서 양자광이 다리를 놓아 한록을 회유할 수 있었던 것이다.

하지만 양자광 휘하의 동군 삼십만은 흰새 거의 모두 동북방의 요동 방면 국경 수비에 나가 있는 상황이다.

그러므로 양자광이 지금 당장 거사에 투입할 수 있는 군사는 수천 명에 불과하다.

또한 한록의 서창 고수는 모두 천여 명인데 그들을 합친다고 해도 역부족이다.

그러므로 구문제독 막야원을 회유하느냐 못하느냐에 따라서 오늘 밤에 결행하는 거사의 성패가 달려 있다고 해도 과언이 아닌 것이다.

최후의 방법이 있기는 하다. 여차하면 태무량이 막야원의 심지를 제압해서 마음대로 부리는 것이다.

하지만 그러려면 태무량이 막야원 곁을 떠날 수가 없다. 막야원은 스스로 생각을 하지 못하기 때문에 태무량이 곁에서 일일이 이것저것 지시를 할 수밖에 없다.

그다지 늦은 시각이 아니라서 막야원은 아직 잠자리에 들지 않고 자신의 측근 두 명과 대화를 나누고 있었다.

밖에 있는 태무량이 들어보니 중요한 대화가 아닌 것 같아서 그냥 들어가기로 했다.

구문제독부의 경계는 삼엄하기 짝이 없지만 그 정도로는 태무량을 막을 수 없다.

척—

미료가 문을 열어주고 태무량과 수월화가 막야원이 있는 방 안으로 거침없이 들어갔다.

탁자에 앉아 있는 막야원은 가만히 있는데 앞쪽에 시립하듯이 서 있는 두 명이 문이 열리는 소리를 듣고 힐끗 태무량

쪽을 쳐다보았다.

그런데 그 두 명은 태무랑 등을 제대로 보지도 못하고 상체를 크게 휘청거리며 혼절했다. 미료가 지풍을 날려 잠재워 버린 것이다.

미료는 그들이 바닥에 쓰러지기도 전에 양손으로 잡아서 한쪽 옆에 눕혀놓았다.

그 짧은 순간 막야원은 놀라서 벌떡 일어났다. 단지 그 동작만 했을 뿐인데 태무랑과 수월화는 어느새 탁자 맞은편에 서 있었다.

그러나 막야원은 거물이다. 그는 이런 상황에서도 당황하지 않고 평정심을 유지하며 근엄한 표정으로 태무랑과 수월화를 쏘아보았다.

"그대들은 누군가?"

이곳에 오기 전에 막야원을 감시하는 고수들을 이미 처리했기 때문에 대화에는 아무런 문제가 없다.

수월화는 태무랑의 옆에 다소곳이 서서 막야원을 바라보며 옥음을 흘려냈다.

"호(虎) 백부님, 소녀를 알아보시겠어요?"

"……"

막야원은 수월화를 새삼스럽게 쳐다보면서 눈을 둥그렇게 뜨며 놀라는 표정을 지었다.

"호 백부라니··· 그렇다면 소저는········."

천하에서 막야원을 '호 백부'라고 불렀던 사람은 단 한 명뿐이었다.

그리고 그가 알기로는 그 사람은 이미 죽었다. 이 세상 사람이 아닌 것이다.

막야원은 수월화가 어렸을 때 몇 번 본 적이 있었다. 그녀는 어렸을 때부터 눈에 띄게 예뻤었다.

그리고 그 모습이 지금도 어느 정도 남아 있었다. 그래서 막야원은 수월화가 자신의 이름을 밝히기도 전에 그녀를 알아보고 눈이 휘둥그레졌다.

"설마··· 수월 공주라는 말씀입니까?"

"그래요."

떨리는 목소리로 묻는 막야원에게 수월화는 방그레 아름답게 미소 지으며 대답했다.

하지만 그녀는 대답하지 않아도 좋았다. 막야원은 저렇게 아름답게 미소 짓는 어떤 소녀를 너무도 잘 알고 있었다.

그 미소가 마음에 들어서 장남과 혼인까지 시키려고 했던 그가 아니었던가.

"오오··· 맙소사········. 수월 공주께서 살아 계시다니."

육십여 세 반백의 머리카락과 수염을 기른 위엄 어린 용모의 막야원의 두 눈에 눈물이 그렁거렸다.

수월화는 그에게 다가가서 그의 커다란 두 손을 스스럼없이 맞잡았다.

"잘 계셨어요, 호 백부님?"

"고… 공주……."

막야원은 감히 어쩔 줄을 모르고 그 자리에 부복하며 머리를 조아렸다.

"소신 막야원이 수월 공주를 뵈옵니다."

수월화는 그의 손을 잡고 일으켰다.

막야원은 흐르는 눈물을 닦을 생각도 하지 못한 채 수월화를 보고 또 보았다.

그녀가 살아 있다는 사실이 도저히 믿어지지 않는다는 표정이 얼굴에 역력했다.

"소신은 삼 년여 전에 수월 공주께서 무령왕 전하와 함께 역모에 휘말려서 돌아가셨다고만 알고 있었습니다."

그는 목이 메는지 말을 잇지 못했다.

"혹시 호 백부님께선 아버님을 뵙고 싶지 않으신가요?"

수월화의 말에 막야원은 또다시 눈을 휘둥그레 떴다.

"설마… 무령왕 전하께서도 생존해 계시다는 말씀입니까?"

"물론이에요."

수월화는 옆에 서 있는 태무랑의 팔을 살며시 잡았다.

"이분이 저와 아버님을 구해주셨어요."

"이분은⋯⋯."

막야원은 경황 중에 정신이 없다가 그제야 태무랑을 발견한 듯 의아한 표정을 지었다.

수월화는 수줍은 미소를 지으며 얼굴을 살며시 붉혔다.

"소녀의 남편이에요."

"남편⋯ 아! 부마십니까?"

막야원이 예를 갖추려는 것을 태무랑이 만류했다.

"호 백부님, 우리를, 아니, 장인어른을 도와주시겠습니까?"

수월화가 '호 백부'라고 호칭하기 때문에 태무랑도 스스럼없이 그렇게 불렀다.

막야원은 잠시 잊고 있었던 '무령왕이 살아 있다'는 사실을 다시 기억해 냈다.

평소에는 근엄하고 냉철하기로 정평이 난 그였으나 지금은 정신이 하나도 없다.

죽었다고 여겼던 수월화가 느닷없이 나타났나 했더니, 그다음에는 무령왕도 살아 있다고 하고, 혼비백산 놀랄 새도 없이 또 그다음에는 수월화의 남편을 소개해 주었다. 그러니 정신이 없을 만도 하다.

"일단 앉으셔서 저희 얘기를 들어주십시오."

태무랑은 막야원을 조금 진정시켜야 할 필요가 있다고 판단했다.

　수월화는 막야원에게 지금의 상황에 대해서 간략하지만 핵심적인 사항들을 설명해 주었다.

　그리고 황제가 가짜였으며 무극신련의 총련주라는 사실과 그가 현도왕을 죽였다는 것, 수월화 자신과 무령왕들을 이 년여 동안 자금성 지하뇌옥에 짐승처럼 감금했었던 일 등을 말해주었다.

　"아아… 맙소사… 그런 일이 있는 줄도 까맣게 모르고 있었다니. 나처럼 무능한 놈이 어디에 있겠는가?"

　평생 한 방울의 눈물도 흘렸을 것 같지 않은 막야원은 통한과 후회의 굵은 눈물을 뚝뚝 흘렸다.

　그는 눈물을 닦을 생각도 하지 않고 주먹으로 자신의 가슴만 쿵쿵 두드렸다.

　태무랑과 수월화는 그가 너무 심하게 울어서 아무 말도 하지 못하고 묵묵히 바라만 보았다.

　그렇다고 그가 보통사람들처럼 몸부림을 치면서 통곡을 하는 것이 아니다.

　그저 꼿꼿하게 앉아서 굵은 눈물을 뚝뚝 흘리며 이따금 제 가슴만 주먹으로 치고 있었다.

　하지만 그것은 그 어떤 통곡보다 가슴이 저린 슬픔이었고 회한이었다.

태무랑과 수월화는 막야원의 그런 모습을 보면서 그가 당연히 자신들을 도와줄 것이라고 확신했다.

막야원의 울음은 길지 않았다. 그는 잠시 울더니 눈물을 닦지도 않고 태무랑과 수월화를 보며 공손히 물었다.

"소신이 어떻게 도우면 되겠습니까?"

그런 말은 하지 않았지만, 목숨이라도 서슴없이 내놓겠다는 진정성이 그의 표정에 엿보였다.

태무랑은 조용하고도 단호하게 대답했다.

"오늘 밤에 무령왕 전하께서 보위(寶位)에 오르실 것입니다."

막야원은 조금도 놀라지 않고 크게 고개를 끄덕였다.

"당연하십니다."

무령왕이 살아 있다 하고 또 태무랑과 수월화가 자신을 직접 찾아온 것을 보고 막야원은 뭔가 짐작했을 것이다.

"무엇이든 하명하십시오."

막야원은 말을 길게 하지 않는 성격이다.

"전군(全軍)을 장악해야 합니다."

총사대장군 바로 아래 지위가 구문제독이므로 봉래현에 주둔하고 있는 삼백만을 제외하고는 막야원이 전군을 장악하는 것은 문제가 없을 터이다. 그런데 뜻밖에도 막야원은 난색을 표했다.

"소신이 전군을 지휘하고 있는 것이 아닙니다."

예상하지도 않았던 막야원의 말에 태무랑과 수월화는 적잖이 놀랐다.

"황제가… 아니, 화명군이라는 자가 소신을 살려둔 이유는 군사들 그중에서도 장군과 장수들이 반란을 일으키지 않을까 우려했기 때문입니다."

그의 말에 의하면, 대명제국의 전체 군사들이 가장 존경하는 인물은 무령왕이었다고 한다.

그런데 무령왕이 역모를 꾀해서 처형당했다는 소문에 군사들이 크게 동요했다는 것이다.

그런 급박한 상황에서 군사들의 커다란 존경을 받고 있는 구문제독 막야원마저 만약 처형당하든가 관직이 박탈당했다면, 모르긴 해도 군사들이 크게 동요하여 반란이라도 일으킬 것이 분명했다.

그래서 미봉책으로 그를 구문제독 자리에 그냥 앉혀두었다는 것이다.

"현재의 소신은 단지 직책 그대로 북경성의 수비만 전담하고 있을 뿐입니다. 그래서 소신 휘하에는 삼만 남짓의 군사들만 있습니다."

그의 말이 사실이라면 실로 충격적이다. 아니, 그의 말은 사실일 것이다. 그가 거짓말을 할 리 없다.

"그럼 군사들은 누구의 지휘하에 있나요?"

수월화로서는 당연한 물음이다.

"오군도독입니다."

오군도독 중에서는 동군도독 양자광만 회유된 상황이다.

태무랑은 잠시 눈살을 찌푸렸다가 단도직입적으로 물었다.

"오군도독이 없으면 어찌 됩니까?"

막야원은 그 말을 금세 이해하지 못하는 것 같은 표정을 지었다.

"그게 무슨……."

태무랑은 좀 더 알기 쉽게 말해주었다.

"그들이 모두 죽으면 누가 전군을 지휘합니까?"

막야원은 허리를 꼿꼿하게 폈다.

"그야 당연히 소신이 지휘하게 됩니다. 하지만 그들을 죽이는 일은 절대로 쉽지 않을 것입니다."

태무랑은 '그들이 죽으면' 이라고 말했을 뿐이지만 막야원은 그가 그들을 죽일 것이라고 해석했다. 태무랑의 말뜻을 알아들은 것이다.

태무랑은 빙그레 미소 지었다.

"그들은 지금쯤 이미 죽었을 것입니다."

"……."

"그리고 동군도독 양자광과 서창제독 한록이 우리 편에 서기로 했습니다."

막야원은 믿을 수 없다는 듯 눈을 커다랗게 뜨고 태무랑을 쳐다보다가 이윽고 무거운 신음을 흘렸다.

"으음… 그게 정말입니까?"

태무랑이 거짓말을 할 리 없을 것이라고 생각하면서도 너무 엄청난 일이라서 그렇게 물을 수밖에 없었다.

"사실입니다."

"음! 소신의 짐작이 틀리지 않다면 부마께선 무림에서 무적신룡이라는 별호로 활약하고 계시지 않습니까?"

수월화와 태무랑의 아름다운 사랑 이야기는 무림뿐만 아니라 세간에 널리 알려져 있는 상태다. 그것을 막야원이 모를 리가 없다.

"그렇습니다."

막야원은 고개를 크게 끄덕이며 찬탄을 금치 못했다.

"과연… 무령왕 전하께선 천룡을 얻으셨군요!"

"별말씀을……."

막야원은 수월화를 보며 황송한 표정을 지었다. 그런데 그의 표정이 왠지 어두워졌다.

총명한 수월화는 그의 표정이 어두워진 이유가 있을 것이라고 짐작했다.

"혹시… 호 백부님 가족에게 무슨 일이 있었나요?"

"별일 아닙니다, 공주님."

막야원은 말하지 않으려고 했다. 하지만 그가 입을 굳게 다물수록 태무랑과 수월화는 그의 가족에게 무슨 일이 있는 것이 분명하다는 확신을 갖게 되었다.

그가 말하지 않으려는 이유는 아마도 태무랑과 수월화에게 짐이 되기 싫기 때문일 것이다.

결국 태무랑은 잠시 막야원의 심지를 제압해서야 실토를 받아낼 수 있었다.

그의 실토에 의하면, 그의 가족은 이곳에 없었다. 이미 삼년여 전에 화명군에게 끌려가서 어딘가에 감금되었다.

가족이 죽지 않았다는 사실을 알 수 있는 것은, 막야원이 이따금씩 가족을 만나게 해달라고 요구하기 때문이다.

물론 그 요구는 쉽게 받아들여지지 않았다. 하지만 막야원이 죽음을 불사하면서까지 요구하면 어쩔 수 없이 가족을 만나게 해주었다.

화명군은 막야원을 이용하기 위해서 가족을 볼모로 삼았던 것이다.

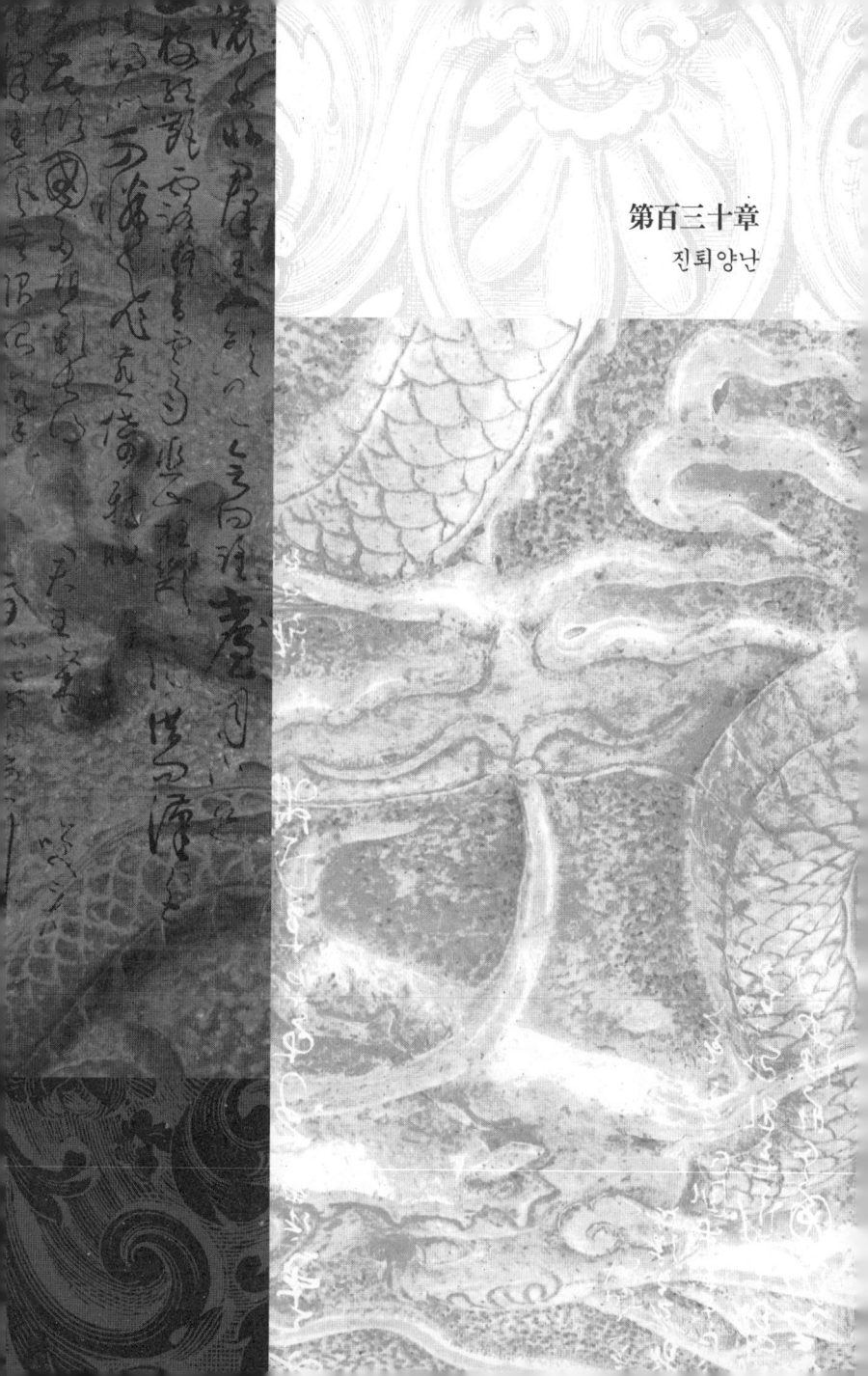

第百三十章

진퇴양난

의외의 변수가 발생했다.

전혀 예상하지 못했던 것은 아니지만, 막상 그런 일이 현실로 일어나자 계획은 여러 군데에서 차질을 빚었다.

변수는 명부의 팔십삼 명을 모두 제거하거나 회유하지 못해서 일어났다.

제거해야 할 칠십팔 명 중에서 두 명을 죽이지 못했다. 변수는 그 두 명으로부터 발생했다.

회유해야 할 다섯 명 중에서는 네 명을 성공시켰고 한 명을 죽였다.

무령왕이 궁지에 처해 도움을 요청하는 것처럼 꾸며서 시험을 해본 결과, 그자는 돕는 척하고는 수하들을 시켜서 오히려 무령왕을 제압하려고 들었다. 그래서 비한이 죽였다.

하지만 제거 대상 중에서 두 명을 죽이지 못해서 일어난 여파가 자칫하면 거사를 망칠지도 모른다는 우려까지 낳게 만들었다.

만반의 준비를 갖추었음에도 불구하고 제거하지 못한 두 명은 바로 동창제독과 황궁호위대장이다.

그자들은 자신들이 감시를 당하고 있다는 사실을 알아차리고는 감시자들을 따돌린 후에 자금성 내 은밀한 장소에 숨어버렸다.

그들 두 명은 화명군의 최측근으로서 그가 부재 시에 자금성을 지키는 특명을 맡고 있었다.

그런 사실을 몰랐었는데 이번 거사를 진행하는 과정에서 드러나게 되었다.

나중의 일이지만, 그들의 진짜 신분에 대해서는 구문제독 막야원마저도 까맣게 모르고 있었다고 한다. 아니, 주의해야 할 인물로 여기지도 않았다는 것이다. 그 정도이니 다른 사람들이야 오죽했겠는가.

사건의 발단은 이렇다.

두 시진 전에 소천군과 비한, 그리고 벽교상의 모친과 조모 등 초절고수들이 무령왕을 호위하면서 또한 무적구대와 신룡십대의 최정예고수 오천 명을 이끌고 전격적으로 자금성에 진입했다.

잠입이 아니라 성문을 활짝 열어젖히고 당당하게 파도처럼 들이닥친 것이다.

명부의 팔십삼 명을 모두 제거했거나 회유했을 것이라 믿었기 때문에 그런 자신만만한 행동을 할 수 있었다.

하지만 자금성으로 진입하는 무령왕 등을 가로막는 세력이 있었다.

아니, 가로막는 정도가 아니라 불문곡직하고 거센 공격을 퍼부었다.

숨어 있던 동창제독과 황궁호위대장이 수하들을 이끌고 나타나서 활짝 열린 자금성 성문을 제외한 삼면에서 소나기처럼 화살을 쏘거나 정면에서 공격을 해왔다.

그들이 이끄는 세력은 대단했다. 자금성에는 원래 삼만 명의 황군이 상시 주둔하고 있는데, 그들 중에 만여 명이 성벽이나 수많은 전각 위에서 화살을 쏘아댔으며, 이만여 명이 창칼과 방패로 무장하고 무적신룡맹을 가로막으며 불문곡직 공격을 해왔다.

그리고 그들 뒤에는 황궁호위대장이 이끄는 삼천 명의 황궁고수들이, 그리고 동창제독이 이끄는 천 명의 동창고수들이 진을 치고 있었다.

그러나 그들이 전부가 아니었다. 그들보다 더 무서운, 아니, 그들을 전부 합친 것보다 더 가공한 비밀병기가 제삼선(三線)에 포진해 있었다.

다름 아닌 동녀강시, 아니, 불사동녀들이었다. 그들의 수는 무려 오천에 달했다.

태무랑의 말에 의하면 불사동녀들의 무공은 각자 절정 수준이며 또한 금강불괴지체라고 했다.

불사동녀들은 이미 죽은 존재, 즉 생명도 영혼도 없으므로 물건이나 다름없다. 하지만 고도의 검법을 연마한 금강불괴지체다. 즉, 살인을 하는 데 그것들만큼 뛰어난 '병기'는 없다는 것이다.

자금성에 진입한 무적신룡맹 고수들은 맹렬하게 도검을 휘두르고 장풍을 발출하여 쏟아지는 화살의 소나기를 퉁겨내는 한편 전면과 좌우에서 밀물처럼 밀려오는 이만의 군사들을 상대해야만 했다.

그러면서 다음 명령을 기다렸다. 전진할 것인지 물러날 것인지 소천군이 명령을 내려야만 행동에 옮길 수 있다. 그러기 전에는 앞으로 나가지도 뒤로 물러서지도 못한 채 꼼짝도 하지 못하는 상황이다.

소천군과 비한, 벽교상의 모친과 조모 등은 무령왕을 호위한 채 한복판에서 오도 가도 못하고 있다.

평정심이 남달리 굳건한 소천군조차도 지금 같은 상황에서는 적잖이 당황했다.

계획이 순조로울 것이라고 기대하지는 않았으나, 이런 상황이 벌어질 것이라고는 조금도 예상하지 못했기 때문이다.

팔십삼 명을 제거하거나 회유하기만 하면 어떻게든 될 것이라고만 생각했었다.

"총맹주! 어떻게 합니까? 명령을 내려주십시오!"

"전진합니까? 아니면 퇴각합니까? 어서 결정하십시오!"

자신들이 맡은 지역에 흩어져서 휘하를 인솔하고 있는 무적구대와 신룡십대의 대주들이 여기저기에서 소천군에게 큰소리로 외치며 악을 써댔다.

쏴아아ー

그러나 삼면에서 황군 일만이 화살을 쏘아대고 이만여 명이 밀려들고 있지만 무적신룡맹의 고수들을 뚫지는 못했다.

오히려 밀려오다가 무적신룡맹 고수들이 휘두르는 도검에 피를 뿌리면서 추풍낙엽처럼 쓰러지고 있었다.

별다른 명령이 없기 때문에 무적신룡맹 고수들은 제자리에서 움직이지 않으면서 진영이 뚫리지 않도록 방어만 하고 있어야만 하는 상황이다.

소천군은 어떻게 해야 할지 갈피를 잡기가 어려웠다. 지금

이대로 물러나면 언제 또다시 이런 기회가 생길지 기약할 수조차 없다.

하지만 전진하자면 싸워야 한다. 그것은 보통 싸움이 아니라 실로 대규모 싸움이다.

쌍방 간에 엄청난 희생을 치러야 하겠지만 이쪽은 절정고수들과 정예고수들만 오천 명이다. 그러므로 뚫고 들어갈 자신이 있다.

그는 제삼선에 굳건한 벽처럼 늘어서 있는 흑의를 입고 있는 불사동녀들을 힐끗 쳐다봤다.

황군이나 동창고수, 그리고 황궁고수들은 문제 될 것이 없지만 문제는 불사동녀들이다.

결국 그는 결정을 내리고는 앞으로 걸음을 내딛으면서 쩌렁하게 외쳤다.

"공격하라!"

순간 갑자기 파도가 휘몰아치는 것처럼 무적신룡맹 고수들이 전방으로 한꺼번에 쏟아져 나가며 도검을 떨쳤다. 그것은 실로 굉장한 위세다.

"으아악!"

"크악!"

군사들 사이에서는 일당백의 황군으로 통하지만 무적신룡맹 정예고수들 앞에서는 상대가 되지 못했다.

황군들은 지푸라기처럼 흩날리면서 피를 뿌리며 와르르 진영이 무너졌다.

무적신룡맹 고수들은 열 호흡 만에 오십여 장이나 앞으로 전진해 나갔다.

소천군은 이대로만 밀고 나간다면 큰 어려움은 없을 것이라고 생각했다.

하지만 문제는 여전히 불사동녀들이다. 그것들이 나서면 어떻게 될지 아직은 미지수다.

과연 그의 염려가 현실로 드러났다. 무적신룡맹 고수들의 전진은 거기까지 뿐이다.

느닷없이 황군들 뒤쪽에서 동창고수들과 황궁고수들, 그리고 불사동녀들이 일제히 황군 머리 위를 날아 넘으며 허공을 새카맣게 덮으면서 공격을 해왔다. 그 위세만 보고도 무적신룡맹 고수들은 움찔 전진을 멈추었다.

콰차차차창!

한꺼번에 수천 자루의 도검이 격돌하는 소리가 천둥보다 더 크게 터져 나왔다.

그리고는 무적신룡맹 고수들의 전진하던 기세가 갑자기 멈칫하는가 싶더니 와르르 허물어지기 시작했다. 도검끼리 부딪치는 소리와 비명 소리가 난무했다. 피가 튀고 잘라진 목과 신체 부위가 허공으로 튀어 올랐다가 떨어졌다.

역시 예상했던 대로 불사동녀들이 문제가 됐다. 동창고수나 황궁고수들은 무적신룡맹 고수들에 비해서 두어 수 하수들이다.

하지만 불사동녀들은 이름 그대로 불사의 존재들이다. 도검으로도 찌르고 벨 수 없으니 속수무책일 수밖에 없다. 싸우기 전에는 몰랐으나 막상 그것들이 싸움의 전면에 나서자 전세는 역전되고 말았다.

몇 호흡이 지나기도 전에 무적신룡맹 고수들의 방어막이 무너지기 시작했다.

불사동녀들은 일말의 표정도 없고 기합성도 없으며 숨도 쉬지 않으면서 거침없이 전후좌우로 검을 휘둘렀다. 그것들은 지치지도 않았다.

자신들이 휘두르고 있는 검 자체가 되어 무적신룡맹 고수들의 급소를 찌르고 베며 시산혈해로 만들었다.

"전하를 호위하게!"

소천군은 비한에게 외치는 것과 동시에 불사동녀들을 향해 번쩍 쏘아갔다.

소천군은 하나의 불사동녀를 목표로 삼아 비스듬히 하강하면서 오른손을 들어 올렸다.

스으.

불사동녀를 정말 죽일 수, 아니, 부술 수 있는지 없는지 시험하기 위해서 전력으로 공격해 볼 생각이다.

만약 실패한다면 소천군으로서도 방법이 없다. 그가 부수지 못하는 불사동녀를 어찌 다른 사람들이 해낼 수 있겠는가. 그러므로 무조건 퇴각할 수밖에 없는 것이다.

소천군의 오른팔이 어깨까지 금빛으로 물들어 눈부신 광채를 뿜어냈다.

목표로 삼은 불사동녀의 거리가 삼 장여로 좁혀지는 순간 그는 오른손을 뻗었다.

스파아—

섬광이 번뜩이면서 그의 오른손에서 금빛 빛줄기 하나가 폭발하듯이 뿜어졌다.

빛줄기는 짧은 거리를 쏘아가는 동안 길쭉하게 변하더니 마지막에는 한 자루 검처럼 날카롭고 뾰족해졌다.

빛줄기 검, 즉 광검(光劍)은 막 한 명의 무적신룡맹 고수의 몸통을 뎅겅 자르고 있는 불사동녀의 등 한복판에 정통으로 적중되었다.

팍!

짧고 간명한 음향이 터지면서 빛줄기에 적중된 불사동녀가 앞으로 고꾸라져 땅에 얼굴을 묻었다.

소천군은 엎어진 불사동녀 몸 위로 빠르게 하강하며 급히 살펴보았다.

불사동녀의 뒷목 바로 아래에는 손가락 두 마디 정도 깊이로 움푹 파여진 구멍이 뚫렸다.

소천군이 전력으로 전개한 무형지검은 금강불괴지체를 관통하거나 부수지 못했다.

하지만 손가락 두 마디 깊이의 구멍을 뚫었다는 것은 가능성이 있다는 뜻이다. 어쩌면 그것으로 죽었는지도 모른다.

그런데 불사동녀가 꿈틀거리며 일어나려고 했다. 그 정도로는 죽지 않는 듯했다.

소천군은 발로 불사동녀의 등을 밟는 것과 동시에 오른손을 내리그었다.

그의 손에는 금빛의 반투명한 무형지검이 쥐어져 있는데 그것이 불사동녀의 목을 잘라갔다.

카앙!

불사동녀의 목 부위에서 불꽃이 번쩍 튀면서 쇠끼리 부딪치는 강렬한 음향이 터졌다.

불사동녀의 목이 절반쯤 잘라졌다. 하지만 아직 완전히 절단된 것이 아니어서 목에서 덜렁거렸다.

불사동녀는 소천군에게 등이 밟힌 채 일어나려고 상체를 심하게 들썩거렸다.

소천군은 불사동녀가 자신의 전력 무형지검에 두 차례나

적중당하고서도 죽지 않자 적잖이 놀랐다.

쉭!

그때 불사동녀가 엎드린 자세에서 오른손의 검을 소천군의 하체를 향해 휘둘렀다.

그러나 그보다 먼저 소천군의 무형지검이 불사동녀의 덜렁거리는 목을 잘라 버렸다.

팍!

소천군은 세 차례나 손을 써서야 불사동녀 하나를 죽여놓고는 적잖이 어이가 없는 표정을 지었다.

그가 보기에 불사동녀의 수는 대충 어림잡아도 수천이 넘는 듯했다. 그것들을 다 없애려면 무려 만오천 번이나 손을 써야만 할 것이다.

그것도 불사동녀들이 아무런 공격도 하지 않으며 죽여달라고 일렬로 서서 차례로 기다리고 있을 때에만 가능한 일이다.

'이건 안 된다!'

소천군은 자신의 결정이 경솔했음을 깨달았다. 그리고 불사동녀를 과소평가했다는 사실을 알게 되었다.

재빨리 주위를 둘러보았다. 피아(彼我)가 한데 뒤엉켜서 치열한 격전을 벌이고 있었다.

하지만 한눈에도 아군이 불리하다는 사실을 알 수 있다. 거센 강물에 제방이 무너지듯이 곳곳에서 무직신룡맹 고수들이 죽어가고 있었다. 그리고 그들을 죽이는 것은 불사동녀들이었다.

삘릴리— 삐리리—

그때 어디선가 피리 소리가 들려왔다. 높낮이가 또렷하지만 단조로운 음률이다.

피리 소리가 가늘고도 길게 울려 퍼지자 갑자기 불사동녀들이 한쪽 방향으로 일제히 쏘아가기 시작했다.

그 방향에는 무령왕이 있다. 방금 피리 소리는 불사동녀들에게 무령왕을 죽이라는 명령이었다.

그것을 발견한 소천군의 안색이 확 급변했다. 불사동녀 수천 명이 무령왕을 죽이려고 들면 도저히 막을 수 없다. 결과는 불을 보듯이 뻔하다.

"모두 전하를 호위하면서 퇴각하라!"

그는 크게 외치면서 급히 주위를 둘러보았다. 피리 소리가 들려온 곳을 찾으려는 것이다.

그의 시선이 한곳에 멈췄다. 어느 전각 앞 돌계단 위에 두 명이 서 있는 것이 보였다.

소천군은 그들의 옷차림을 보고 동창제독과 황궁호위대장일 것이라고 짐작했다.

둘 중에 한 명이 손에 피리를 쥐고 있었다. 복장으로 봐서 그가 동창제독인 듯했다.

한데 그들 두 명 주위에 불사동녀 수십 명이 둥글게 원을 형성한 채 호위를 하고 있다.

또한 백여 명의 황궁고수들까지 지키고 있다. 하지만 소천군은 무령왕을 공격하고 있는 불사동녀들을 제어하려면 동창제독을 죽여야만 한다고 판단했다.

그러지 못하면 무령왕은 열을 세기도 전에 불귀의 객이 되고 말 것이다.

슈우―

소천군은 전력으로 동창제독을 향해 쏘아갔다. 그러면서 힐끗 본능적으로 무령왕 쪽을 쳐다보았다.

"……!"

그런데 무령왕이 보이지 않았다. 그를 호위하고 있는 비한과 벽교상의 모친과 조모, 그리고 고수들의 모습이 한 명도 안 보였다.

보이는 것은 오로지 지상과 허공을 새카맣게 뒤덮고 있는 불사동녀들뿐이다.

소천군은 자신이 동창제독을 죽인다고 해도 너무 늦어서 무령왕을 구할 수 없다는 사실을 깨달았다.

계획은 철저하게 실패했다. 동창제독과 황궁호위대장을 죽이지 못한 것이 원인이다.

지금은 누구의 잘잘못을 따질 때가 아니다. 현재 상황으로 봐서는 이곳에서 살아서 빠져나갈 수 있는 사람은 소수에 불과할 듯했다. 당연히 무령왕은 살아서 나가지 못할 것이다.

하지만 소천군은 무령왕을 놔두고는 탈출하고 싶은 생각이 추호도 없다. 설사 이곳에 뼈를 묻게 되더라도.

그렇지만 너무도 암담하다. 이대로 무령왕이 죽는 것을 보고만 있어야 하는 것인가.

그리되면 대체 태무랑의 얼굴을 어찌 볼 것이며, 또 이 나라의 앞날은 어찌 될 터인가.

비통했다. 천하의 소천군이 한 치 앞을 내다볼 수 없는 절망에 빠지다니.

밤하늘에 울려 퍼지고 있는 처절한 비명 소리가 소천군의 귓전을 울렸다. 저것은 필경 무적신룡맹 고수들의 비명 소리일 것이다.

'이럴 수는 없다… 이럴 수는……'

그는 오른손에 무형지검을 움켜쥐고는 오 장 전면 지상에 늘어서 있는 불사동녀와 황궁고수들을 향해 내리꽂히면서 속으로 뇌까렸다.

동창제독과 황궁호위대장을 둘러싼 불사동녀 중에서 십여 명이, 아니, 십여 개가 번쩍 신형을 날려 소천군을 향해 마주쳐 왔다.

불사동녀들이 움직일 때는 일체의 파공음이나 음향이 나지 않는다는 사실을 소천군은 그때 처음 알았다. 아마 죽은 것들은 소리를 내지 않는 모양이다.

딸랑딸랑딸랑.

그때 갑자기 어디선가 방울 소리가 들렸다. 방울 소리라면 대개 맑고 영롱한데 이것은 귀에 거슬리는 둔탁한 소리였다. 하지만 그 소리는 멀리까지 울려 퍼졌다.

다음 순간 믿기 어려운 일이 일어났다. 소천군을 향해 마주 쏘아오던 십여 개의 불사동녀들이 동작을 뚝 멈추더니 그대로 지상으로 쇳덩어리처럼 뚝 떨어지며 하강했다.

그것들이 어째서 갑자기 공격을 멈추는지 모를 일이다. 하지만 방금 들린 방울 소리하고 연관이 있을 것이다.

움찔 놀란 동창제독은 맹렬하게 피리를 불어댔다.

삘리리ー 삐이익ー

그러나 지상에 내려선 불사동녀들은 꼼짝도 하지 않았다.

크게 당황한 동창제독은 피리를 계속 불면서도 불안한 표정으로 사방을 두리번거리며 누굴 찾는 듯했다. 그렇지만 불사동녀들은 여전히 움직이지 않았다.

소천군의 눈에 동창제독과 황궁호위대장이 허둥거리고 있는 모습이 보였다.

소천군은 내리꽂히던 기세를 늦추지 않고 그대로 동창제

독을 향해 무형지검을 내뿜었다.

동창제독은 소천군이 공격해 오는 것을 발견했으나 피하고자시고 할 겨를이 없었으며 반격은 꿈도 꾸지 못했다. 그는 피리를 입에 문 채 눈을 부릅뜨고 소천군을 쳐다볼 뿐이다.

소천군은 동창제독이 반격할 수 있을 만한 상대가 아니다. 그러므로 그가 할 수 있는 일은 그저 공손히 목숨을 바치는 것뿐이다.

팍!

무형지검에서 발출된 검강이 동창제독의 미간을 관통한 직후 즉시 방향을 바꾸더니 그 옆에 서 있던 황궁호위대장의 목을 잘랐다.

이어서 소천군은 돌계단 위에 내려서지도 않고 불사동녀들을 공격하기 위해서 몸을 비틀며 무형지검을 떨쳤다. 아니, 떨치려다가 멈칫했다.

조금 전까지만 해도 소천군을 공격하려다가 바닥으로 내려섰던 십여 개의 불사동녀들이 검을 쥔 손을 바닥을 향해 뻗은 채 꼼짝도 하지 않고 서 있는 모습을 발견했다.

그것은 마치 불사동녀들이 갑자기 석상이 돼버린 듯한 광경이었다.

움찔 놀란 소천군은 공격하려던 것을 멈추고 재빨리 격전장을 쳐다보았다.

그는 꽤 높은.돌계단 위에 서 있기 때문에 전체 광경이 한 눈에 일목요연하게 시야에 들어왔다.

그리고 그는 거기에서 더욱 놀라운 광경을 발견했다. 모든 불사동녀들이 무령왕 주위를 중심으로 제자리에 우두커니 서 있었다.

그 바람에 동창고수들과 황궁고수들도 놀라서 싸움을 멈추고 주위를 두리번거리고 있었다.

딸랑딸랑딸랑.

그때 또다시 방울 소리가 울렸다. 보통사람들이 듣기에는 조금 전과 비슷했다.

하지만 자세히 들으면 조금 다른 소리였다. 명령이 다르니까 소리도 다를 수밖에 없는 것이다.

촤촤촤악!

그러자 여기저기 흩어져 있던 불사동녀들이 일제히 허공으로 신형을 날려서 격전장을 빠져나왔다. 그리고는 한쪽 옆 넓은 공터에 질서있게 정렬해서 모였다. 그것은 불과 세 호흡만에 일어난 일이었다.

그때 문득 소천군은 한 곳을 쳐다보았다. 성문 지붕 위였는데 그곳에 세 사람이 나란히 서 있었다.

그들은 태무랑과 수월화, 그리고 구문제독이다. 소천군은 구문제독의 얼굴을 모르지만 그가 누군지 짐작할 수 있다. 태무랑이 데려왔기 때문이다. 태무랑과 수월화는 그를 회유하러 갔었다.

또한 소천군은 불사동녀들이 왜 갑자기 싸움을 멈추고 한쪽으로 물러났는지 짐작했다.

어떤 방법을 썼는지는 모르지만 태무랑이 그렇게 한 것이 분명했다.

그가 아니면 이런 놀라운 솜씨를 부릴 사람이 없다. 무적신룡맹이 절망으로 치닫고 있던 것을 그는 단지 방울 소리만으로 멈추게 했다. 그의 존재는 그래서 어디에서나 빛나는 것이다.

"아아······."

태무랑을 본 소천군은 자신도 모르게 안도의 긴 한숨을 토해냈다.

그리고 그때 그는 깨달았다, 자신이 태무랑에게 크게 의지하고 있다는 사실을.

사아.

태무랑은 오른쪽에 수월화, 왼쪽에 구문제독과 함께 나란히 지상으로 하강했다. 마치 눈송이 세 개가 떨어지는 듯한 모습이었다.

구문제독은 무공을 전혀 모르지만 구태여 붙잡아줄 필요까진 없다.

태무랑이 옆에 함께 있는 것만으로도 구문제독은 무형의 기운에 의해서 태무랑이 원하는 대로 움직여졌다.

소천군보다 조금 늦게 태무랑을 발견한 무령왕 이하 무적신룡맹 고수들의 얼굴에 소천군과 똑같은 안도의 표정이 파도처럼 떠오르며 번졌다.

정도의 차이는 있겠으나 소천군이나 무령왕, 무적신룡맹 고수들 모두 태무랑을 어떻게 여기고 있는지 여실히 보여주는 광경이다.

"와아—!"

그때 누가 먼저인지 모르지만 무적신룡맹 고수들 사이에서 함성이 터져 나왔다.

지금은 한밤중에 은밀하게 거사를 진행하는 중이라서 큰소리를 내면 안 된다는 사실을 모두들 잊은 듯했다.

방금 전까지의 상황이 그만큼 절박했으며, 그래서 태무랑이 천신처럼 위대하게 보이기 때문일 것이다.

"와아아아—!"

함성은 전염병처럼 번져서 삽시간에 모두에게 퍼졌다. 목놓아서 함성을 지르지 않는 사람은 아무도 없었다. 소천군과 무령왕, 벽교상의 모친과 조모들까지도 두 손을 들어 올리고 열렬하게 함성을 터뜨렸다.

원래 상황이 영웅을 만드는 법이지만, 태무랑은 원래부터 영웅 그것도 만고의 영웅이었다.

반면에 동창고수들과 황궁고수, 그리고 황군들은 어떻게 해야 할지 갈피를 잡지 못했다. 갑자기 상황이 급변했기 때문이었다. 그들은 동창제독과 황궁호위대장이 죽었다는 사실조차도 알지 못했다.

태무랑의 왼손에는 하나의 붉은색 방울이 쥐어져 있다. 그것은 원래 삼장로가 갖고 있던 것으로써 불사동녀들을 제어하는 물건이다.

삼장로는 방울 하나로 불사동녀를 완벽하게 제어했다. 태무랑은 그 사실을 알아내고 삼장로에게서 방울의 사용법을 고스란히 실토받았었다.

동창제독이 갖고 있는 피리도 불사동녀들을 다루지만 태무랑이 갖고 있는 방울이 더 강한 기운을 갖고 있다.

태무랑은 모두의 머리 위 삼 장 높이에 멈췄다.

동창고수와 황궁고수, 그리고 모든 황군들의 시선은 구문제독에게 집중되어 있었다. 그들 중에는 구문제독의 얼굴을 알고 있는 사람이 태반이다.

그들은 어째서 구문제독이 적들과 함께 이곳에 나타났는지 몹시 궁금하고 또 복잡한 표정이었다.

하지만 그 의문은 곧 풀렸다. 구문제독은 아래를 굽어보며 위엄있는 표정으로 우렁차게 입을 열었다.

"지금까지 나를 비롯한 우리 모두, 그리고 대명제국의 백성들은 한 명의 흉적에게 철저하게 속았다. 우리가 황제라고 받들어 모셨던 자는 실상 황제가 아니라 무림의 무극신련이라는 조직의 우두머리인 화명군이라는 작자였다!"

동창고수와 황궁고수, 황군들이 크게 놀라며 술렁거렸다. 황제가 가짜였다니 경악할 일이다. 구문제독 막야원의 웅혼한 목소리가 계속 이어졌다.

"화명군으로부터 대명제국을 되찾고, 그자가 벌이려고 하는 전쟁을 중지시키기 위하여 무적신룡께서 봉기하셨다. 바로 이분이 무적신룡이시다!"

"아아……."

"오오… 무적신룡이라니……."

막야원이 태무랑을 가리키자 동창고수와 황궁고수, 황군들은 일제히 그를 쳐다보며 탄성을 터뜨렸다.

무적신룡 태무랑은 무림의 정사마(正邪魔)를 비롯하여 천하의 만민(萬民)이 이 시대에서 가장 존경하는 신화적인 인물이다.

태무랑이 화전민 출신 일개 군졸에서 출발하여 지금의 위치에 도달한 발자취는 저잣거리나 여염집 규방에까지 두루 회자되고 있어서 모르는 사람이 없을 정도였다.

그런 무적신룡이 이곳에 출현했으니 동창고수나 황궁고

수, 황군들이 놀라지 않으면 그게 오히려 이상한 일이다.

그들은 피아를 떠나 존경과 경이의 표정으로 태무랑을 우러러보고 있었다.

막야원은 그럴 줄 알았다는 듯 이번에는 아래쪽의 무령왕을 가리키며 말을 이었다.

"무림은 이미 무적신룡에 의해서 통일되었다. 이제 무적신룡께서는 황실을 바로 세우려고 하신다! 그래서 무령왕 전하를 모시고 왔다!"

그러자 무령왕이 우뚝 선 채 느릿하게 허공으로 솟구쳐 올라 수월화의 옆에 멈춰 섰다. 태무랑이 무령왕을 허공으로 끌어올린 것이다.

동창고수와 황궁고수, 황군들뿐만 아니라 무적신룡맹 고수들도 허공에 나란히 서 있는 네 사람을 우러러보았다.

그것으로 막야원은 말을 마쳤다. 그리고 이번에는 무령왕이 발아래를 둘러보면서 특유의 위엄 서린 모습으로 웅혼하게 입을 열었다.

"너희들은 나를 따라 대명제국을 바로 세우겠는가?"

무령왕은 긴말을 하지 않았다. 하지만 그의 짧은 말은 구구한 긴 설명이나 설득보다 훨씬 더 효력이 있었다.

처음에는 동창고수와 황궁고수들 수십 명이 그 자리에 무릎을 꿇는가 했더니 곧 거센 바람에 들판의 풀들이 한꺼번에

눕듯이 모두들 우르르 부복하며 머리를 조아렸다.

"전하! 저희들을 이끌어 주십시오—!"

"전하와 대명제국을 위하여 목숨을 바치겠습니다—!"

그리고 그들의 우렁찬 함성이 밤하늘로 터져 올랐다.

무령왕은 자금성 안쪽을 가리켰다.

"가라! 역도들을 잡아라!"

그의 명령이 떨어지기 무섭게 동창고수와 황궁고수, 황군들이 자금성 깊숙한 곳을 향해 파도처럼 밀려 들어갔다.

그리고 무적신룡맹 고수들이 그 뒤를 따랐다.

딸랑딸랑—

태무랑이 몇 차례 방울을 흔들자 한쪽 옆에 정렬해서 서 있던 불사동녀들이 일제히 자금성 안쪽을 향해 일직선을 그으며 쏘아갔다.

조금 전까지만 해도 무적신룡맹을 가로막았던 불사동녀와 동창고수, 황궁고수, 황군들이 지금은 무적신룡맹의 선봉이 되어 앞다투어 달려가고 있는 것이다.

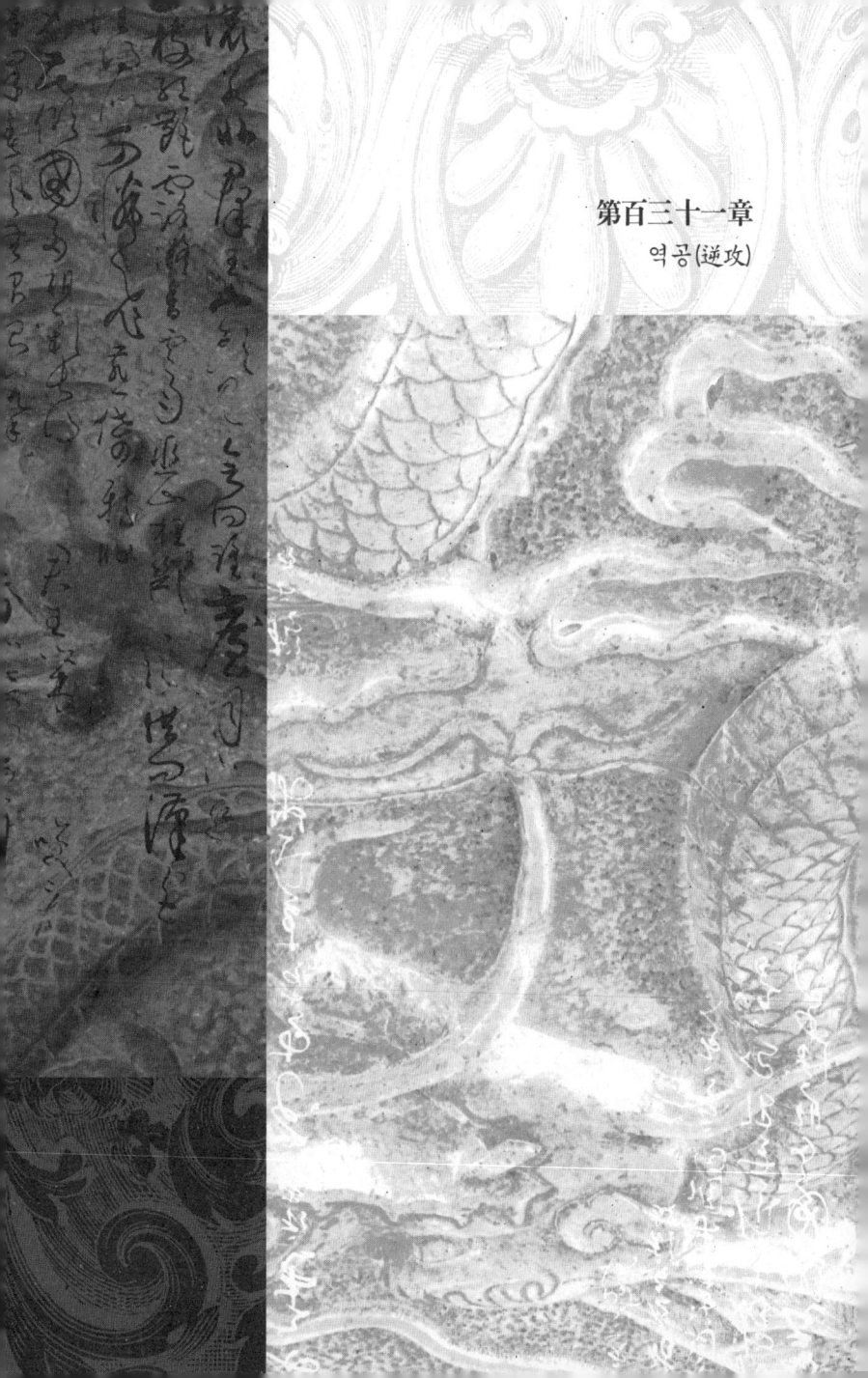

第百三十一章
역공(逆攻)

　자금성의 주인이 밤사이에 바뀌었다.

　무적신룡맹과 동창고수, 황궁고수들은 밤사이에 자금성의 옛것들을 모두 새것으로 바꿔놓았다.

　자금성 내에서 화명군과 조금이라도 연관된 사람들은 모두 제압, 감금되었다.

　구문제독 막야원과 동군도독 양자광, 서창제독 한록은 병권을 장악하기 위해서 이리 뛰고 저리 뛰었다.

　그들이 제일 먼저 한 일은 북경을 중심으로 천여 리 이내에 주둔하고 있는 모든 군사들을 한꺼번에 북경으로 불러 모으는 것이었다.

그리고 두 번째는 국경지대를 비롯한 천하 각 지역에 주둔하고 있는 전 군대에 똑같은 내용의 칙령(勅令)을 하달하는 것이었다.

칙령에는 화명군의 죄상이 낱낱이 적혔고, 무령왕이 자금성과 황권을 장악했다는 내용과 국경을 수비하는 최소한의 군대를 제외한 전 군대를 북경으로 소집한다는 황명이 적혀 있었다.

구문제독 막야원 등이 병권 장악을 위해서 동분서주하고 있을 때 비한을 위시한 무령왕의 심복들은 미리 계획했던 대로 착착 진행시켰다.

자금성 지하뇌옥에는 많은 사람들이 처참한 모습으로 감금되어 있었다.

그들은 대부분 황족이나 관리들의 가족이었다. 화명군은 황족을 감금하여 반란의 여지를 없앴으며, 관리들의 가족을 감금하여 그들을 협박하는 방편으로 삼았었던 것이다.

지하뇌옥에 감금되었던 사람들을 구출하는 과정에서 구문제독 막야원의 가족도 구출되었다.

무적신룡맹 고수들은 자금성의 고위관리 팔십삼 명만 감시하고 있었던 것이 아니다.

자금성의 모든 관리들, 즉 삼천오백여 명에 달하는 관리들을 하나도 빼놓지 않고 감시하고 있었다. 그러므로 그들의 일거수일투족을 낱낱이 알고 있었다.

태무랑과 무령왕이 자금성을 장악한 직후에 비한은 그들 삼천오백 명의 관리 모두를 한꺼번에 자금성으로 데려오라는 명령을 내렸다.

그리고 지금 그들 만조백관은 드넓은 광장에 질서있게 도열하여 황제가 나오기를 기다리고 있었다.

지금 시각은 인시(새벽 4시). 동이 트려면 한 시진이나 더 있어야 하는 이른 시각이다.

사방에 불이 대낮처럼 밝혀져 있는 광장에 모인 만조백관들은 도대체 무슨 일인지 영문조차 모른 채 숨죽이며 부복해 있었다.

그들은 아직도 황제가 화명군이라고 생각하고 있다. 그래서 황제가 전쟁 준비 때문에 몹시 바빠 산동성 봉래현에서 머물고 있기 때문에 오랫동안 자금성을 비우고 있다는 사실을 잘 알고 있다.

그런데 황제가 갑자기 자금성에 돌아와서 새벽에 만조백관들을 모조리 불러들였다고 생각하는 것이다. 아니, 강제로 납치하다시피 끌고 왔다는 표현이 맞다.

만조백관이 부복한 좌우와 뒤쪽에는 황군들이 창칼을 번뜩이며 도열해 있다.

그것이 만조백관들을 더욱 오그라들게 만들었다. 예전에 이런 경우는 거의 없었기 때문이다.

그리고 수백 개의 돌계단 위에는 무적신룡맹 고수들이 질서있게 도열했으며, 돌계단 맨 위 보좌(寶座) 양쪽에는 무적신룡맹의 중추적인 인물들이 늘어서 있었다.

이처럼 수많은 사람들이 운집해 있는데도 극도로 긴장한 탓에 숨소리조차 들리지 않았다.

그때 대전 안에서 일단의 무리가 입구를 통해서 천천히 걸어나왔다.

태무랑과 그의 부인들, 그리고 무령왕과 비한, 소천군 등 측근들의 당당한 모습이다.

무령왕이 보좌에 앉자 태무랑과 부인들, 소천군과 비한 등이 좌우로 늘어섰다.

그들의 표정은 한껏 상기된 모습이다. 실로 오랜 세월 동안 고통을 받아오다가 우여곡절 끝에 마침내 무령왕이 대명제국의 황위에 오르는 순간이니 어찌 그렇지 않겠는가.

무령왕은 자신의 오른쪽에 서 있는 태무랑을 쳐다보았다. 아무 말도 하지 않고 그저 쳐다보기만 했으나 얼굴에는 고마운 표정이 가득했다.

태무랑이 아니었으면 오늘의 이 감격도 없다. 아니, 무령왕 그 자신조차도 없었을 것이다.

태무랑은 빙그레 미소 지으면서 고개를 끄덕여 보였다.

무령왕도 고개를 끄덕여 보이고는 천천히 고개를 돌려 돌계단 아래를 굽어보았다.

부복해 있는 만조백관을 굽어보면서 그의 얼굴에 일순 복잡한 표정이 떠올랐다.

지금까지의 파란만장했던 일들이 뇌리를 스친 것이다. 울컥 뜨거운 것이 가슴속에서 치밀어 올랐으나 그는 지그시 어금니를 악물었다.

이어서 그는 곧 원래의 위엄있는 표정을 되찾고 가볍게 고개를 끄덕였다. 준비가 다 됐다는 뜻이다.

그것을 본 비한이 허리를 꼿꼿하게 펴고 돌계단 아래를 향해 우렁찬 목소리로 외쳤다.

"들어라! 새로운 황제가 되실 무령왕 전하이시다! 모두들 예를 갖추어라!"

만조백관이 천천히 고개를 들어 무령왕을 우러러보았다.

* * *

봉래현 전역에 하나의 소문이 파다하게 퍼졌다. 그 소문은 천지개벽 같은 엄청난 위력으로 봉래현을 휩쓸었다.

당금 대명제국의 황제인 홍치제가 물러나고 새로운 황제

가 황위에 올랐다는 소문이다.

새로운 황제가 된 인물은 무령왕이며 정덕제(正德帝) 주광(朱厓)이 되었다고 한다.

무령왕을 도운 최측근은 그의 사위인 무적신룡이며 구문제독을 비롯한 모든 관리들이 무령왕, 즉 새로운 황제에게 충성을 맹세했다는 소문도 나돌았다.

황제 홍치제가 이곳 봉래현에 머물고 있는 사이에 반란이 일어나서 새로운 황제가 등극했다. 세상이 바뀐 것이다.

봉래현의 삼백만 군사들은 둘 이상만 모이면 그 얘기를 속닥이느라 정신없는 상황이다.

그들을 단속할 장수나 장군들마저도 그 소문에 휩싸여 정신을 차리지 못하고 있었다.

뭐니 뭐니 해도 군사들을 가장 긴장시키는 소문은 자신들이 봉래현에 고립됐다는 사실이었다.

그리고 머지않아서 무적신룡이 이끄는 무림고수들과 대명제국의 전 군사가 봉래현을 토벌하기 위해서 출전할 것이라는 소문이 치명적으로 작용했다.

봉래현 전체가 벌집을 쑤셔놓은 듯 들끓었다. 지금은 막바지 전쟁 준비에 전력을 기울일 시기지만, 군사들의 마음은 온통 딴 곳에 가 있었다.

그래서 지휘부는 극단의 조치로 군사들을 다루었다. 모여서 소문에 대해서 수군거리는 자들을 엄벌에 처하겠다는 군령(軍令)을 내리기도 했다.

그리고는 실제로 군령을 어기다가 발각된 군사 수십 명을 체포하여 모든 군사들이 지켜보는 곳에서 목을 베어 참수를 시키기도 했다. 일벌백계로 삼은 것이다.

하지만 전혀 예상하지 못했던 뜻밖의 결과가 벌어졌다. 동료들이 참수를 당하는 광경을 목격한 군사들은 두려움을 느끼기는커녕 지휘부의 지나친 처사에 반발심이 생겼다.

그렇지 않아도 졸지에 역적 아닌 역적이 되어 한 치 앞날을 내다볼 수 없어서 조마조마한 심정인데, 지휘부조차도 초강세로 억누르자 거센 불만의 목소리가 여기저기에서 마구 터져 나왔다.

그리고는 군사들의 즉각적인 행동이 이어졌다. 즉, 군탈(탈영)이 시작된 것이다.

처음에는 야밤에 몇 명 단위로 봉래현을 벗어나는 수준이었으나 오래지 않아 수십, 수백 명씩 무더기로 그것도 벌건 대낮에 군탈을 하기에 이르렀다.

지휘부는 초기에 제대로 대응을 하지 못했기 때문에 군탈이 시작된 이틀 사이에 무려 오만여 군사들이 봉래현을 탈출하여 산지사방으로 흩어져 사라져 갔다.

당황한 지휘부가 부랴부랴 무극신련 고수들을 모조리 투

입하여 바다를 제외한 봉래현 삼면을 완전히 봉쇄하고서야 군탈이 멈추었다.

하지만 봉쇄가 펼쳐지는 동안에 또다시 군사 삼만여 명이 더 빠져나갔다.

그러나 그런 봉쇄는 미봉책에 불과했다. 무섭게 범람하여 터져 나가는 둑을 호미로 막는 것일 뿐이다.

봉래현에 주둔해 있는 삼백만 대군은 틈만 나면 봉래현을 탈출할 생각만 하고 있었다. 군사들의 머릿속에는 그 생각밖에 들어 있지 않았다.

대명제국의 황제가 바뀌었고 자신들이 졸지에 역도로 둔갑했으며 언제 토벌을 당할는지 모르므로 제정신일 리 만무했다.

원래도 군사들은 불만이 팽배했었다. 봉래현의 삼백만 대군 중에서 자진하여 군사가 된 사람은 눈을 씻고 찾아봐도 찾기 어려운 실정이었다.

하나같이 농사꾼이거나 어부, 장사꾼 등 출신인 그들은 강제로 징집되어 이곳까지 끌려왔었다.

그들이 끌려온 후에 남아 있는 가족들은 굶주려 죽거나 구차한 생황을 하거나 아니면 살길을 찾아서 뿔뿔이 흩어지는 등 풍비박산되었을 것이다. 그런 걱정이 군사들을 초조하게 만들었다.

그렇기 때문에 원래 불만이 팽배해 있는 상황에서 이런 일이 발생했으므로 활활 타오르는 불길에 기름을 부어버린 격이 돼버렸다.

무극신련 고수 수만 명이 봉래현을 봉쇄했으나 언제까지 지탱할 수 있을지 지휘부로서는 암담하기만 했다.

봉래현 전체는 하나의 거대한 화약고가 되었다. 언제라도 작은 불씨 하나만 당기면 그대로 폭발하고 말 것이다.

그런 상황에서 통제가 될 리 만무하다. 그러므로 조금만 더 억압을 가하면 군사들은 사생결단으로 무슨 짓이라도 저지를 기세였다.

*   *   *

"음……."

태사의에 깊숙이 몸을 묻고 있는 단유천은 아까부터 손으로 턱을 괸 채 무거운 신음만 흘리고 있다.

동해군영 내의 거처 삼층에 있는 그는 벌써 한 시진째 그러고 있는 중이다.

그는 자신의 손으로 사부 화명군을 처참하게 죽이고 최고 권력자, 즉 황제의 자리에 올랐지만 예전 거처에서 그대로 지내고 있다.

화명군의 권력은 고스란히 단유천에게로 넘어왔으나 단유천이 갖게 된 것은 그것만이 아니다. 화명군이 이루고자 했던 거대한 야망과 그가 이고 있던 책임의 무게도 단유천의 몫이 되었다.

원래 단유천은 대명제국의 황제가 되고 싶다는 생각은 터럭만큼도 해본 적이 없었다.

다만 화명군이 초마령을 이루기 직전에 순간적으로 탐욕이 생겼을 뿐이다.

물론 평소에 단유천이 화명군을 증오했었다는 것도 한몫을 하기는 했었다.

그러지 않았으면 사부를 죽이고 그의 무공을 가로채는 일 같은 것은 꿈도 꾸지 못했을 것이다.

지금 단유천이 고뇌하고 있는 일은 그가 화명군의 제자로 남아 있었다면 추호도 신경 쓸 일이 아니다. 바로 이런 것들이 그가 원하지 않았던 부산물 같은 것이다.

그의 앞에는 심복인 사대신강이 가로로 나란히 서서 그의 생각이 끝나기를 기다리고 있다.

죽은 화명군의 날고기는 심복들이 수두룩하지만 단유천은 자신의 측근에 사대신강만을 두었다.

단유천은 화명군의 심복들에게 그의 죽음이 초마령을 이루려다가 주화입마에 들었기 때문이라고 거짓말을 했다.

화명군의 심복들은 순순히 믿는 눈치가 아니었으나 어떻게 해볼 방법이 없었다.

단유천은 화명군의 하나밖에 없는 제자라서 그가 그렇게 말하면 믿는 수밖에는 다른 도리가 없었다.

슥—

이윽고 단유천은 장고를 끝내고 턱에서 손을 뗴었다.

사대신강은 자세를 바로 하고 긴장한 얼굴로 그가 무슨 말을 할지 기다렸다.

단유천은 현재 봉래현에서 벌어지고 있는 일 때문에 추호도 고민하는 표정이 아니다.

그는 원래 초음삼화경을 연공해서 어느 정도 마성이 생겼었는데, 화명군의 초마령을 탈취한 이후로는 마성이 극에 달했다. 즉, 극마성이 돼버린 상태다.

"자금성을 친다."

이윽고 단유천의 입에서 나직한 중얼거림이 흘러나왔다. 그러나 나직한 목소리와는 달리 그 내용은 엄청났다.

마성에 젖지 않은 사대신강은 움찔 놀랐다. 하지만 급히 놀라는 표정을 얼굴에서 지웠다.

단유천의 면전에서 연약하게 구는 것은 금물이다. 그리고 질문이나 항명도 절대불가하다.

그것은 단유천이 극마성에 달한 이후에 사대신강 스스로

정한 규칙이다.

사대신강은 경악을 내심으로 감추어야만 했다. 지금 그들이 할 수 있는 일은 단유천의 명령을 받아들이고 실행하는 것뿐이다.

"하명하십시오."

단유천은 이곳 봉래현에서 황제에 올랐으나 평범해 보이는 홍의단삼을 입고 있다.

"전군을 군선에 싣고 발해만(渤海灣)까지 가서 영정하를 따라 거슬러 오른 후에 북경에 입성한다."

오랫동안 장고하면서 단유천의 머릿속에는 이미 계획이 다 세워져 있는 상태다.

"모든 고수들과 전군(全軍)을 이끌고 간다."

단유천은 자신도 모르는 사이에 말투도 변했다. 조용한 목소리지만 도저히 반론을 제기하거나 거역하기 어려운 힘이 실려 있었다.

사대신강은 단유천이 자금성을 공격하여 되찾으려 한다고 생각했다.

"준비하라."

그의 말은, 아니, 명령은 그것으로 끝났다. 그는 언제나 길게 말하지 않는다.

이제 사대신강이 할 일은 밖으로 나가서 화명군의 심복이었던 자들에게 명령을 전하는 것이다.

아직 각 부서의 실권은 그들에게 있기 때문이다. 단유천은 그들이 쥐고 있는 실권을 애써서 구태여 뺏을 생각은 하지 않았다.

단지 그들을 지배하면 되기 때문이다. 그는 그런 지배 방법도 스스로 깨우쳐 나가고 있었다.

혼자 남은 단유천은 입 끝을 슬쩍 치켜 올리면서 흐릿하게 미소 지었다.

'후후. 오히려 잘된 일이다.'

사실 그는 원래부터 천하제패나 해외정벌 따위에는 추호도 관심이 없다.

그가 생애 최고의 목표로 삼고 있는 것은 오로지 태무랑에 대한 복수와 옥령을 되찾아오는 것뿐이다. 그것을 이루기 위해서 살아 있다고 생각한다.

그것은 한순간도 그의 가슴속에서 사라져 본 적이 없는 불변의 목적이었다.

하지만 각 조직을 장악하고 있는 화명군의 심복들이 건재하기 때문에, 그리고 화명군이 주화입마로 죽은 것으로 되어 있기 때문에, 단유천으로서는 화명군의 유지를 받드는 시늉을 할 수밖에 없었다.

그것은 높은 하늘에 걸려 있는 외줄타기 같은 것이지만, 그는 그것을 즐기기로 했다.

그는 자신이 초마령을 이루었으니까 단독으로도 태무랑을 죽일 수 있으며, 지난번 같은 패배는 두 번 다시없을 것이라고 확신한다.

하지만 태무랑은 인의 장막 속에 숨어 있기 때문에 쉽사리 접근할 수가 없다. 정보에 의하면 그는 무적신룡맹의 무맹주가 됐다고 한다. 그러므로 그에게 도달하려면 수많은 고수들을 거쳐야만 한다.

그를 죽이고 옥령을 되찾아 오는 것은 단유천 단독으로는 힘에 부친다.

그래서 아직 그에게는 무극신련의 세력과 삼백만 대군이 필요한 것이다.

그들을 최대한 이용해서 목적을 달성하는 것이 얼마 전까지의 단유천의 계획이었다.

그런데 지금 그 시기가 성큼 도래했다. 예상치 않은 일로 인해서 그가 무극신련과 삼백만 대군을 한꺼번에 움직일 수 있는 타당한 이유가 주어진 것이다. 그들에게는 탈취당한 황권을 되찾는다고 말하면 된다.

설혹 무극신련의 수만 명 고수들이 다 죽는다고 해도, 삼백만 대군을 깡그리 제물로 삼는다 해도, 목적을 이룰 수만 있다면 눈 하나 까딱하지 않을 단유천이다.

'후후후. 기다려라, 태무랑.'

단유천의 미소가 조금 더 짙어졌다. 그의 눈앞에는 옥령의 아름다운 모습이 손에 잡힐 듯이 떠올랐다. 그녀를 생각할 때면 단유천은 혼자서 미소 짓고 또 그리움과 슬픔에 가슴이 저미어 온다.

그는 예전에 옥령을 강시로 만들려고 했던 것을 뼈저리게 후회하고 있다. 그것은 명백한 불찰이었다.

지금 그의 능력이라면 그러지 않고서도 능히 옥령을 자신의 여자로 만들 수가 있다.

그녀를 회유하고 설득해서도 안 되면 그녀의 심지를 제압해 버리면 된다. 어떤 방법으로든 그녀를 곁에 두기만 하면 목적을 이룰 수 있다.

옥령을 얻을 수만 있다면 천하를 지배하는 것보다 백 배 더 큰 희열과 행복을 차지하게 될 것이다.

*　　　　*　　　　*

사흘 후.

태무랑은 자금성을 나와 신풍장에서 모처럼의 휴식을 취하고 있다.

자금성의 일은 아직도 다 끝나지 않은 상황이다. 제대로 정리를 하려면 족히 몇 달은 걸릴 터이다.

그렇다고 태무랑이 몇 달 동안 자금성에 틀어박혀서 지낼 수는 없었다.

다른 것은 다 참을 수 있을지 몰라도 너무 답답한 것만은 견디기 어려웠다.

그래서 만약 누가 그에게 황제가 되라고 한다면 차라리 깊은 산중에 은거를 해버리고 말 것이다.

그는 사람들이 왜 황제가 되려고 그토록 발버둥을 치는지 이해를 하지 못했다.

그는 자신이 절대로 황제의 재목은 아니라고 생각했다. 아마도 황제는 타고나야 되는 모양이다.

어쨌든 그는 사흘 동안 자금성에 머물다가 기회가 오자 도망치듯이 밖으로 나왔다.

사실 자금성에서 그가 할 일은 거의 없었다. 부인들과 함께 이제 막 황제가 된 무령왕을 호위하는 일이 하루 일과의 전부였다.

하지만 그가 아니더라도 황제를 호위할 사람은 많았다. 일일이 거론하지 않더라도 황제 주위에는 초절고수와 절정고수들이 득실거렸다.

더구나 태무랑은 불사동녀들에게 황제를 호위하라는 주문을 걸어두었다.

그는 오천 명, 아니, 오천 개의 불사동녀를 뚫고 황제를 암살할 수 있는 인물이 있으리라고 생각하지 않았다.

그가 자금성에서 빠져나오자 수월화와 벽교상, 옥령 등이 줄줄이 따라 나왔다.

무령왕이 황제가 됨에 따라서 수월화는 자연히 황녀가 됐는데도 아버지를 버려두고 자금성을 나왔다. 그녀 역시 태무랑과 같은 마음이었다.

더구나 태무랑과 떨어져서는 단 하루도 살 수 없는 그녀가 어찌 자금성에 붙어 있겠는가.

북경 신풍장 태무랑의 거처에 오랜만에 그의 측근들이 모여서 연회를 베풀고 있다.

지금 이곳에 있는 사람들은 태무랑의 순수한 최측근이라고 할 수 있다.

수월화와 벽교상, 옥령, 소아상 등 네 명은 태무랑의 부인이고, 신풍개와 미료, 한천궁주, 형구, 우경도, 맹오, 군통 등은 태무랑의 설친한 친구들이다.

예외가 있다면 벽교상의 모친과 조모 두 사람이다. 그동안의 상황이 너무 긴박하고 또 그럴 만한 기회가 없었기 때문에 그녀들은 사위며 손녀사위인 태무랑하고 제대로 시간을 가져보지 못했었다.

두 여인은 딸이며 손녀인 벽교상이 자금성을 떠나기 때문에 자연히 따라서 나왔다.

하지만 그녀들의 최대 관심사는 당연히 태무랑이다. 지금까지 태무랑하고 가까이에서 몇 마디 말도 나눠보지 못했지만, 그가 어떤 인물이며 어떻게 활약했는지는 너무도 잘 보고 또 알고 있다.

지금 태무랑과 측근들은 태무랑이 좋아하는 방식으로 실내에 둥글게 앉아 있다. 즉, 바닥에 책상다리를 하고 빙 둘러 앉아서 가운데 커다란 탁자에 차려놓은 술과 요리를 먹고 마시는 것이다.

늘 그렇듯이 태무랑의 좌우에는 네 부인이 앉았고, 그 양쪽에는 미료와 한천궁주가, 그리고 맞은편에 신풍개와 형구를 비롯한 사내들이 앉아 있었다.

그러다 보니까 벽교상의 모친과 조모는 태무랑의 왼쪽 끝 귀퉁이에 앉게 되었다.

두 여인은 이 방에 들어온 이후 한순간도 태무랑에게서 시선을 떼지 못하고 있다.

그녀들은 태무랑에게 완전히 매료돼 버린 상태다. 오죽했으면 자신들의 딸이며 손녀인 벽교상에게는 눈길조차 주지 않고 있겠는가.

그녀들은 태무랑처럼 완벽한 사내를 처음 보았으며, 그런 사내가 존재한다는 말조차 들어본 적이 없었다.

오랜만에 한자리에 모인 태무랑과 최측근들은 언제나 그랬던 것처럼 조금도 격의없이 웃고 즐기면서 술을 마셨다. 그들 중에서 태무랑하고 각별하지 않은 사람은 한 명도 없다. 다들 끊지 못할 질긴 인연으로 태무랑하고 연결되어 있는 것이다.

특히 태무랑의 네 명의 부인은 그의 주위에 찰싹 붙어 앉아서 그동안 나누지 못했던 애정을 발산하고 또 교태를 부리기에 여념이 없다.

그녀들 중에서도 단연 벽교상이 제일 열심이다. 그녀는 자신의 성격 그대로 몹시 노골적이고 적나라한 행동을 서슴지 않았다.

측근들이나 모친과 조모가 뻔히 보고 있는데도 아랑곳하지 않은 채 태무랑의 온몸을 더듬고 사타구니를 만지는데 얼굴이 취기와 흥분으로 벌겋게 달아오른 모습이다. 당장에라도 무슨 짓을 저지를 기세다.

그녀의 모친과 조모는 낯 뜨거워서 외면을 할 만도 한데 여전히 태무랑에게서 시선을 떼지 못했다.

벽교상은 술을 입안에 한가득 머금고는 태무랑에게 입을 맞추어 술을 흘려 넣어주는가 하면, 자신이 요리를 씹은 다음에 그것마저도 그의 입에 넣어주는 변태행위를 일삼아서 주위사람들을 아연실색하게 만들었다.

하지만 측근들은 그녀를 너무 잘 알고 있기 때문에 그러려니 하며 웃고 말았다.

수월화와 옥령, 소아상은 그런 벽교상을 부러운 표정으로 바라보기만 했다.

그녀들도 내심으로는 벽교상처럼 하고 싶은 마음이 굴뚝같지만 성격상 하지 못하고 자제하는 중이다. 그러면서 어서 밤이 되기를 학수고대했다.

그녀들의 머릿속에는 태무랑과의 뜨거운 육체의 향연이 가득 들어차 있었다.

태무랑은 한동안 네 부인의 교태에 정신이 없다가 문득 한쪽 옆에 앉아 있는 벽교상의 모친과 조모, 즉 벽선화(碧鮮花)와 벽묘란(碧妙蘭)을 발견하고 멋쩍은 표정으로 머리를 긁적였다.

"두 분, 이리 가까이 오십시오."

벽선화와 벽묘란은 그 말을 기다렸다는 듯이, 그리고 추호도 사양하지 않고 즉시 일어나 화살처럼 빠르게 태무랑에게 달려왔다.

먼저 오는 사람이 좋은 자리를 차지하기라도 하듯 두 여인은 달려오면서 경쟁까지 벌였다.

수월화는 우아하게 미소 지으면서 그녀들에게 자신의 자

리를 양보했다.

그러자 모친 벽선화가 수월화를 밀치듯 하면서 재빨리 태무랑 옆에 찰싹 붙어서 앉았다.

자리를 뺏긴 조모 벽묘란은 벽선화에게 눈을 흘기며 마지못해서 그녀 옆에 앉았다.

모친 벽선화는 실제 나이가 삼십구 세인데도 용모는 이십대 중반으로 보였다. 주안술(朱顔術) 따위를 연마했기 때문이 아니라 워낙 공력이 높아서 일정한 나이 이상 늙지 않고 있는 것이다.

더구나 벽선화는 한 번 쳐다보면 눈을 떼지 못할 정도로 아름다운 용모의 소유자다.

미모만으로는 천하제일이라고 할 수 있는 벽교상의 모친이니 오죽하겠는가.

더구나 이십오륙 세로 보이기 때문에 지금 거리에 나가도 한바탕 난리가 벌어질 것이 분명하다.

그런 점에서는 조모 벽묘란도 절대로 만만하지 않았다. 그녀의 원래 나이는 오십대 중반이지만, 겉보기에는 아무리 많이 잡는다고 해도 삼십대 중반을 넘기지 않을 듯했다.

벽선화와 벽묘란은 나란히 앉아서 말끄러미 태무랑을 바라보았다.

그 모습은 마치 소녀처럼 천진난만했다. 하지만 그녀들은 둘 다 과부다.

두 여인의 남편들은 혼인을 한 지 며칠 만에 똑같이 급사하고 말았다.

용한 의원의 말로는 그녀들이 선천적으로 극음체질이기 때문에 남자들은 절대로 견디지 못한다는 것이다.

말하자면 그녀들이 남자의 양기를 모조리 빨아들여서 말려 죽인다는 것이다.

하지만 그것 때문에 부부끼리 정사를 하지 못한다는 것은 말이 되지 않는다. 그래서 정사를 했고, 며칠 만에 남편들을 빼빼 말려서 죽인 것이다.

그녀들뿐만 아니라 그녀들의 선조들도 줄줄이 청상과부로 살아왔다.

그녀들 역시 모두 극음체질이기 때문이다. 저주받은 핏줄인 것이다.

그래서 그녀들은 하나같이 정력이 매우 강하다. 사내를 말려죽일 정도이니 오죽하겠는가.

다행히 그녀들은 첫 순결을 잃으면서 임신을 했기 때문에 후손을 이을 수 있었다.

혼인한 지 며칠 만에 남편을 잃고 수십 년 동안 청상과부로 살아온 벽선화와 벽묘란의 사내에 대한 그리움은 말로 다 표현할 수 없을 정도였다.

하지만 워낙 미모가 출중한데다가 자존심과 콧대마저 높아서 웬만한 사내들은 눈에 들어오지도 않았다. 그저 그런 사내하고 혼인을 할 바에는 차라리 평생 동안 과부로 사는 것이 낫겠다고 생각한 그녀들이다.

그런 그녀들이 태무랑을 보고는 시쳇말로 한눈에 반해 버린 것이다. 그가 사위며 손녀사위라는 사실마저도 망각해 버릴 정도다.

"어머님, 할머님, 제 술 한 잔 받으십시오."

태무랑이 공손히 말하며 술병을 집어 들자 두 여인은 이구동성 빨간 입술을 나풀거렸다.

"가득 따라주세요. 무랑가."

벽선화가 섬섬옥수를 뻗어 태무랑의 허벅지에 슬쩍 올리면서 요염한 눈웃음을 쳤다.

네 부인이 그에게 '무랑가'라고 부른다는 사실을 알고 있는 그녀는 자신도 그녀들 대열에 끼고 싶은지 은근슬쩍 그를 '무랑가'라고 불렀다.

"그러지요, 어머님."

"아이… 어머님이라고 하지 말고 선화라고 불러요. 우리 사이에 이름은 무슨."

그녀는 손으로 태무랑의 허벅지를 쓰다듬으며 코 먹은 소리를 내면서 풍만한 몸을 비꼬았다.

"엄마! 오늘 딸한테 죽어볼래?"

그때 벽교상이 눈에서 시퍼런 불길을 뿜으면서 발칵 화를 내며 소리를 질렀다.

벽선화는 딸의 성미를 잘 아는 터라 찔끔했다.

"상아… 나는 그냥……."

"내 남편에게 이상한 눈빛이라도 보냈다간 엄마고 뭐고 없는 줄 알아?"

벽선화는 어이없다는 표정을 지으며 벽교상을 바라보더니 곧 피식 실소를 흘렸다.

"후우……. 이십여 년간 정절을 지켜온 어미를 네가 모욕하는구나."

"할미도."

그녀 옆에 있는 벽묘란은 벽선화보다 더 씁쓸한 표정을 지으며 고개를 끄덕였다.

"엄마… 할머니……."

벽교상은 자신이 너무 심했다는 생각에 말문이 막혔다. 그렇지 않아도 남편 없이 짧게는 이십 년에서 길게는 사십여 년 동안 청상과부로 살아오는 동안 한이 켜켜이 쌓였을 그녀들인데 그것을 짓밟아 버린 것이다.

"미안해요, 엄마. 할머니. 제가 심했어요……."

감정의 기복이 심한, 그리고 마음이 여린 벽교상은 눈물을 글썽이며 울먹였다.

태무랑은 자신이 어떻게든 중재를 해야겠다고 생각했다. 그는 벽선화와 벽묘란에게 부드럽게 미소 지으며 고개를 숙여 보였다.

"어머님, 할머님, 제가 사과드리겠습니다."

벽선화는 고개를 가로저었다.

"아니. 무랑가가 사과할 필요는 없어요. 이런 설움을 받을 바에야 우리 같은 것들이야 어느 구석에 처박혀서 죽든가 해야지… 흑!"

그녀가 고개를 가로젓는 바람에 눈물이 흩어졌다. 그러는 모습이 너무도 청초하고 아름다워서 모두의 마음을 촉촉하게 적셨다.

슥―

"어머님……."

태무랑은 부지중에 이끌리듯 손을 뻗어 그녀의 어깨를 부드럽게 잡았다.

"으흑흑!"

그러자 벽선화는 기다렸다는 듯이 그에게 스르르 쓰러지면서 안기며 울음을 터뜨렸다.

"흑흑흑. 무랑가……."

이번에는 벽묘란이 더욱 서럽게 흐느끼면서 태무랑에게

안겼다. 그녀는 항상 딸 벽선화에게 묻어가는 모양새다.

태무랑은 두 여인을 양팔로 안고 다독거렸다.

"어머님, 할머님, 그만 노여움 푸십시오. 제가 상아를 혼내겠습니다."

사람들은 벽교상이 어떤 식으로 두 여인에게 면박을 주고 또 상처를 입혔는지 똑똑히 봤기 때문에 그녀들에게 동정심이 생겼다.

벽교상도 자신이 한 짓이 있어서 눈물을 글썽이며 물끄러미 지켜보기만 했다. 그런데 그녀의 반짝이는 눈물 너머로 뭔가 보였다.

"……!"

두 개의 손이 태무랑의 궁둥이를 좌우에서 더듬고 있는 모습이다.

그리고 벽교상은 그것이 벽선화와 벽묘란의 손이라는 것을 목숨을 걸 정도로 확신했다.

다음 순간 벽선화와 벽묘란이 허공을 쏜살같이 가로질러서 실내 맞은편에 나뒹굴었다.

쿠당탕!

벽교상은 벌떡 일어나 두 손을 가느다란 허리에 얹고는 눈을 하얗게 떴다.

"경고했었지? 죽여 버린다고!"

태무랑은 멋쩍은 미소를 짓는데, 수월화와 옥령, 소아상은 살며시 벽교상을 보며 방그레 미소 지으면서 엄지를 치켜세웠다.

주흥이 한껏 무르익어 가자 어느덧 사람들은 자연스럽게 태무랑의 지나온 발자취들을 하나씩 무용담처럼 이야기하기 시작했다.

벽선화와 벽묘란을 제외하곤 여기에 있는 사람 모두는 태무랑하고 동고동락하면서 생사를 함께 했었다.

특히 수월화와 신풍개, 벽교상, 옥령 등은 태무랑의 거의 모든 행동에 동참했었다.

그러므로 다른 사람들보다 더 많은, 그리고 흥미진진하며 심각한 이야깃거리를 갖고 있었다.

태무랑과 함께 적들을 신나게 때려 부수던 이야기가 나오면 다들 통쾌한 표정으로 환호성을 지르며 어깨춤을 추었다.

그러나 태무랑이 곤경에 처하거나 엄중한 중상을 입어 사경을 헤맸었던 이야기가 나올 때는 모두들 눈물을 흘리면서 슬퍼하였다.

태무랑은 사람들이 자신의 이야기를 하는 것이 멋쩍었다. 그리고 자꾸 분위기가 가라앉자 화제를 바꿔야겠다고 생각하고 한참 손짓발짓 섞어가면서 입에서 침을 튀기며 떠들고 있는 신풍개를 불렀다.

"풍개, 그 이후 봉래현에서는 별다른 소식이 없는가?"

자신이 이야기하면서도 너무 슬픈 나머지 굵은 눈물을 뚝 뚝 흘리던 신풍개는 두툼한 손등으로 눈물과 콧물을 닦으며 그를 쳐다보았다.

"쿨쩍. 아직 없네."

사실 봉래현 전체가 발칵 뒤집어진 데에는 그럴 만한 이유 가 있었다.

신풍개가 봉래현에 잠입해 있는 개방제자들에게 은밀히 명령을 내렸기 때문이다.

그의 명령을 받은 개방제자들은 즉시 봉래현 전 지역으로 흩어져서 소문을 퍼뜨렸다.

즉, 새로운 황제가 등극했으며 오래지 않아서 수백만 대군 이 진군하여 봉래현을 토벌한다는 내용이었다.

물론 그 소문을 퍼뜨리라고 처음에 신풍개에게 지시한 사 람은 태무랑이었다.

방금까지만 해도 콧물까지 흘리면서 울며 얘기하고 있던 신풍개는 봉래현 얘기가 나오니까 너무 통쾌해서 어깨를 들 썩이며 웃었다.

"푸핫핫핫! 그놈들 똥구멍에 불이 확 붙어서 기겁했을 거 야! 왓핫핫!"

큰소리로 웃던 사람들이 갑자기 조용해졌다. 신풍개가 느닷없이 '똥구멍'이라고 말했기 때문이다.

사람들은 제각기 머릿속으로 과연 똥구멍에 불이 확 붙으면 어떻게 될까 하고 그 광경을 상상하다가 한순간 실내가 떠나갈 듯 폭소가 터져 나왔다.

"우핫핫핫! 그거 좋은 안줏거리로구나!"

"호호호홋! 나 죽어ㅡ!"

"깔깔깔깔! 아유ㅡ! 똥구멍에 불이…… 까르르!"

벽교상은 태무랑에게 매달려서 발버둥을 치며 숨이 끊어질 듯 웃었다.

"아하하하하! 미치겠어. 무랑가… 나 똥구멍 찌릿찌릿해요……. 어떡해."

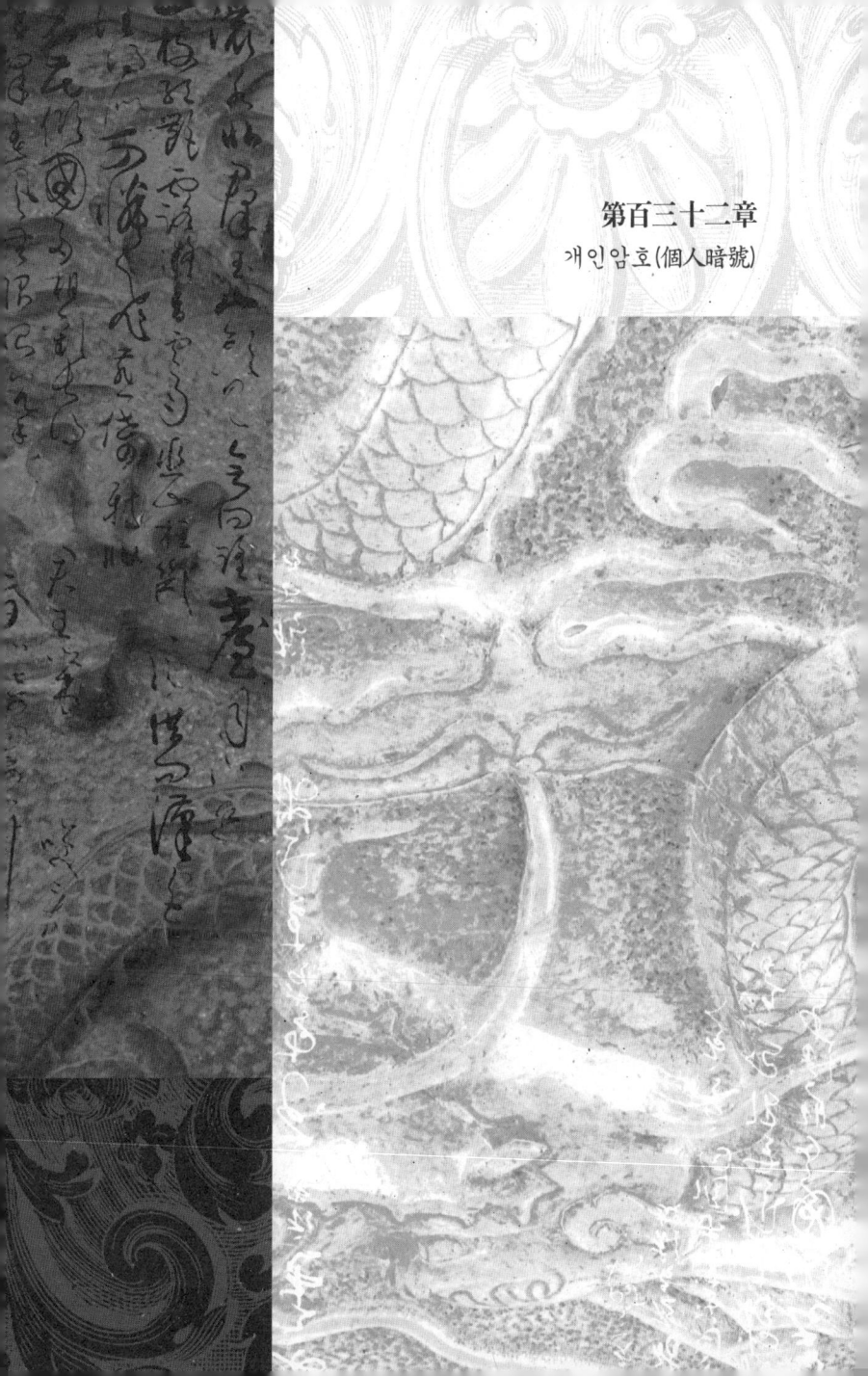

第百三十二章
개인암호(個人暗號)

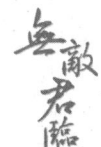

　술자리가 거의 끝나갈 무렵에 개방제자 한 명이 급히 실내
로 달려들어 왔다. 그는 갖고 온 서찰을 태무랑에게 공손히
바쳤다.

　서찰은 봉래현에 잠입해 있는 개방제자가 전서구로 보낸
것이다.

　태무랑을 다 읽은 서찰을 수월화에게 건네주며 그럴 줄 알
았다는 듯 고개를 끄덕이며 미소를 지었다.

　"놈들이 봉래현을 출발했다."

　그 말에 갑자기 좌중이 찬물을 끼얹은 듯 조용해졌다.

긴장된 표정으로 서찰을 읽고 있는 수월화를 제외한 모든 사람들이 움찔 놀라며 태무랑을 주시했다.

모두들 태무랑에게 미리 설명을 들었기 때문에 예상은 하고 있었다.

하지만 단유천이 봉래현을 출발했다는 소식을 막상 듣게 되자 저절로 팽팽하게 긴장이 됐다.

서찰을 읽고 난 수월화가 차분한 표정으로 모두에게 설명해 주었다.

"오늘 저녁에 군선 삼천 척이 봉래현을 출발했으며, 삼백만 대군과 무극신련 고수 오만 명이 탔다고 하는군요."

어마어마한 세력이다. 하지만 그 말을 듣고서도 겁먹는 사람은 아무도 없다.

이곳에 있는 사람들은 하나같이 태무랑과 더불어 어떠한 난관이라도 헤쳐 온 불굴의 투사들이다. 그래서 긴장을 할지언정 두려움 따윈 느끼지 않는다.

또한 태무랑은 단유천의 도발에 대해서 이미 만반의 준비를 갖추어놓은 상태다.

그가 신풍개에게 봉래현에 소문을 퍼뜨리라고 지시를 했을 때에는 다 그만한 계획이 있었던 것이다.

그는 단유천을 잘 알고 있다. 또한 단유천에 대해서 완벽하리만치 알고 있는 옥령도 있다.

그러므로 그를 상대하는 것은 그리 어려운 일이 아니다. 적의 계획을 알면 방어하는 것은 손쉬운 일이다. 태무랑의 목적은 단유천을 제거하는 것이지만, 쌍방 간의 피해를 최소화시키려고 노력하고 있다.

좌중의 분위기는 언제 흥청망청했느냐는 듯 차분하게 가라앉아 긴장감이 감돌았다.

태무랑은 즉시 지시를 내렸다.

"군통, 즉시 비한에게 연락해라."

"명을 받듭니다."

군통이 쏜살같이 밖으로 달려나가자 태무랑은 이번에는 형구에게 지시했다.

"형구, 동군도독 양자광에게 이 사실을 알리고 그와 함께 행동하면서 수시로 보고하라."

"알았어!"

형구는 태무랑의 말이 끝나기 무섭게 신바람 난 듯이 부리나케 달려나갔다.

태무랑으로 인해서 무공이 높아진 그는 요즘 가만히 있으면 몸이 근질거려서 좀이 쑤시지만 싸움이라면 밥 먹는 것보다 더 좋아하게 됐다.

비한에게는 단유천의 공격 개시 사실을 알려서 미리 준비했던 계획을 실행하게 하려는 것이다.

그리고 동군도독 양자광은 태무랑의 지시를 받고 이미 동북방 국경에 주둔하고 있는 자신의 휘하 백오십만 대군을 남진시키는 중이다.

그가 할 일은 단유천의 세력을 아예 초장에 기를 꺾어놓는 것이다.

즉, 태무랑은 단유천이 군선을 대규모 동원하여 영정하를 거슬러 올라 최대한 북경 가까이에 이른 후에 대공격을 펼칠 것이라고 예상했었다.

삼백만 대군이 육상으로 진군해 온다면 봉래현에서 북경까지 최소한 서너 달 이상 걸릴 터이다.

하지만 군선을 이용한다면 이십여 일이면 너끈하고 또 그 외에도 유리한 점들이 많다.

그렇기 때문에 단유천이 당연히 바다와 강을 통해서 진군할 것이라고 예상한 것이다.

그래서 양자광은 휘하의 백오십만 대군을 이용하여 영정하와 바다가 만나는 지점에서 적의 예봉을 꺾을 계획이다.

태무랑은 단유천 휘하의 삼백만 대군이 겉만 번지르르한 오합지졸이라고 판단했다.

왜냐하면 삼백만 대군은 이미 대명제국의 황제가 바뀌고 세상이 변했다는 사실을 알고 있기 때문에 완전히 전의를 상실한 상태다. 그들이 생각하기에 이 싸움에는 전혀 명분이 없는 것이다.

더구나 그들은 거의 대부분 천하각지에서 강제징집으로 끌려왔으므로 기회만 되면 군탈할 생각만 머릿속에 가득 차 있을 것이다.

그러므로 동군도독 양자광이 할 일은 그들에게 군탈할 수 있는 기회를 제공하는 일이다.

그러기 위해서는 어떻게 해서든 그들이 배를 버리고 육지에 내려서게 해야만 한다.

단유천의 삼백만 대군이 육지에 발을 딛기만 하면 통제 불능의 상태가 되고 말 것이다.

군탈을 하려고 목숨을 거는 삼백만 대군과 그들을 통제하려고 기를 쓰는 무극신련의 오만 고수의 싸움은, 말 그대로 자중지란(自中之亂)이다.

양자광의 그 계획만 차질없이 실행된다면 그다음부터는 어려운 일이 별로 없을 터이다.

이쪽에서는 특별하게 할 일 없이 그저 구경만 하고 있으면 되는 것이다.

단유천이 확실하게 통제할 수 있는 것은 무극신련 오만 명의 고수들이다.

하지만 그것도 모래 위에 집을 지은 듯한 사상누각(砂上樓閣)에 다름 아닐 터이다.

무극신련 고수들에게 단유천이 화명군을 죽였다는 증거를 드러내 보일 수만 있다면, 그와 무극신련 고수들 사이도 갈라 놓을 수가 있다.

그다음에 할 일은 태무랑이 일대일로 단유천을 상대하는 것이다. 어차피 이것은 원래부터 태무랑과 단유천의 싸움이 었다.

단 문제가 있다면 화명군이 정말로 죽었는지, 단유천이 그를 죽였는지 라는 사실이다. 태무랑 쪽에서는 그렇게 짐작하고 있다.

하지만 그게 틀렸다면 일은 처음부터 틀어져 버리게 되는 것이다.

그리고 증거를 찾아서 무극신련 고수들에게 제시할 수도 없게 돼버린다.

양자광의 동군 백오십만과 북경 인근의 군사들을 대거 소집한 수가 백오십만, 그리고 원래 구문제독 휘하에 있는 군사들과 자금성의 황군 등을 합치면 삼십만쯤 된다. 도합 삼백삼십만 대군이다. 그들로서 충분히 단유천의 세력을 물리칠 수 있다.

하지만 거기에 문제가 있다. 싸움이 벌어지면 그것은 동족상잔이 될 수밖에 없다.

죽이고 싶지 않은 사람들을 죽여야 하며, 싸우고 싶지 않은 사람들을 사지로 몰아넣어야 하는 것이다.

모르긴 해도 십중팔구 단유천의 삼백만 대군 중에서 싸우고 싶어 하는 군사는 전무할 터이다. 그런데 그들을 상대로 싸워서 죽여야 한다는 것은 모순이다.

그렇지만 양자광과 형구가 영정하 하류에서 적의 삼백만 대군을 뿔뿔이 흩어지게 만들지 못해서 군선들이 영정하를 타고 거슬러 오르게 만든다면, 그야말로 최악의 상황이 벌어지고 말 것이다. 즉, 대규모 싸움과 살육이 불가피해진다는 뜻이다.

태무량의 지시는 일사불란했다. 그는 수월화를 보며 부드러운 미소를 지었다.

"령 매, 아버님을 부탁해."

수월화는 정이 듬뿍 담긴 눈빛으로 태무량을 바라보며 미소 지었다.

"염려 마세요."

수월화의 임무는 무령왕, 아니, 정덕제가 된 부친을 호위하는 일을 총괄하는 것이다.

정덕제의 호위는 수월화와 측근 고수들, 그리고 오천의 불사동녀만으로 충분하다.

비한은 자금성 전체의 무력을 지휘해야 하기 때문에 정덕제의 지근거리에서 호위할 수가 없게 된다. 그래서 수월화가 필요한 것이다.

수월화가 일어서자 옥령도 따라 일어섰다. 태무랑은 옥령에게 수월화와 함께 행동하라고 지시했다. 어떻게 보면 단유천의 목적은 태무랑을 죽이는 것보다 옥령을 되찾는 것이 더 클 것이기 때문이다. 그러므로 정덕제와 함께 묶어서 옥령을 보호하려는 것이다.

태무랑은 일어나서 수월화와 옥령을 양팔로 동시에 안고 가슴에 깊이 끌어안았다.

"조심해."

그의 진심 어린 온화한 목소리가 두 여자의 가슴속으로 파고들었다.

하지만 그 말은 그녀들이 하고 싶은 말이다. 두 여자는 태무랑의 양쪽 뺨에 입술을 대며 사랑이 가득 담긴 속삭임을 흘려냈다.

"조심하세요."

"이 일만 마무리되면 우리끼리 오붓하게 지낼 수 있어요."

수월화는 과연 그녀다운 용기를 북돋아주었다.

하지만 이것은 이별이 아니다. 그녀들은 자금성에 들어가서 만반의 준비를 갖추어놓은 후에 언제든지 태무랑에게 왔다 갔다 할 수 있는 것이다.

천 리 만 리 먼 거리도 아니고 엎어지면 코 닿을 곳에 있는 그들이 아닌가.

태무랑은 품속에서 무엇인가를 꺼냈다. 그것은 눈처럼 흰 데다 눈만 새빨간 전설상의 영물 소설이었다.

언제나 태무랑의 품속에서 지내는 소설은 오랜만에 밖으로 나오자 그의 손가락을 할짝할짝 핥으면서 재롱을 부리느라 온통 정신이 없다. 그는 소설을 소아상에게 건네주며 미소지었다.

"설아가 널 보호해 줄 것이다."

소설이 원래 모습을 되찾으면 소 두 마리 정도의 큰 체구, 즉 백표로 변한다.

더구나 도검은 물론 수화불침의 몸을 지녔으며 용맹하기 짝이 없어서 천군만마보다 더 든든한 호위고수 노릇을 해줄 터이다. 무공을 모르는 소아상에겐 더할 나위 없이 좋은 친구이며 호위고수인 셈이다.

"태 형."

그때 우경도가 태무랑을 바라보며 조용히 입을 열었다.

"다행히 적 삼백만 대군을 뿔뿔이 흩어지게 만든다고 해도 무극신련 고수 오만이 남아 있지 않은가?"

"그렇지."

태무랑이 고개를 끄덕이자 우경도는 조심스러운 표정으로 말을 이었다.

"그들과의 싸움은 불가피할 것 같은데 거기에 대한 대책은 없는 것인가?"

태무랑은 씁쓸하게 고개를 가로저었다.

"안타깝지만 지금으로선 없네."

"단유천하고의 협상은 안 되겠지?"

우경도는 착잡한 표정을 지으며 불가능할 것이라는 사실을 알면서도 물었다.

군사들이 빠지고 고수들끼리만 싸워도 그 피해는 수만 명에 이를 것이다.

우경도는 그것을 안타까워하는 것이다. 과연 누구보다도 정의로운 그다운 마음씨다.

태무랑은 그의 마음을 잘 알기에 위로하듯 말했다.

"서둘지 않고 하나씩 차근차근 풀어나가다 보면 뭔가 해결책이 있을 거야. 우 형도 뭔가 좋은 생각이 나면 무엇이라도 기탄없이 내게 말해줘."

"알았네."

열흘 후. 영정하 최하류.

열흘 전까지만 해도 없었던 구조물이 하류에 설치되었는데 그것은 일종의 보(洑) 같은 것이었다.

수백 장 폭의 긴 강을 가로질러 커다란 바위들을 쌓아 수면

위로 반 장이나 솟은 둑 같은 형태이다.

보는 십여 장 간격으로 일 장 폭의 좁은 수로가 터져 있어서 강물이 흐르거나 소형 선박들이 왕래하는 데는 전혀 지장이 없다.

양자광 휘하의 백오십만 대군은 단유천의 군선들이 영정하로 진입하는 것을 원천적으로 막으려는 의도로써 이런 보를 설치한 것이다.

물론 이것 역시 태무량의 발상이다. 이 보를 완성하기 위해서는 백오십만 대군까지는 필요하지 않았다.

십만 명의 군사가 동원되어 시작부터 완성까지 단 이틀이 걸렸을 뿐이다.

백사십만 명의 군사들은 다른 장소에서 다른 계획을 실행에 옮기는 중이다.

군선들은 아무리 작다고 해도 폭이 최소한 칠팔 장 이상이므로 겨우 일 장 폭인 보의 수로를 통과하는 것은 애당초 불가능하다.

단유천이 봉래현을 출발한 시 사흘 만에 영정하 최하류의 보를 완성시켰다. 그리고 이것은 태무량의 계획 중에서 일 단계라고 할 수 있다.

이 단계는 영정하 최하류 인근 삼백여 리 일대의 모든 백성들을 그 지역에서 완전히 소개(疏開)시키는 것이다. 그 지역은 단유천의 군선들이 더 이상 영정하로 진입하지 못하게 되어 인근 해안에 정박하여 삼백만 대군을 상륙시킬 수밖에 없는 곳이다.

사람만이 아니다. 그 지역 내의 가축이나 곡식, 물자 등 적에게 조금이라도 도움이 될 만한 물건들도 모조리 삼백여 리 밖으로 옮겼다.

적이 군선에서 내려 도보로 이동할 경우를 대비해서 완벽하게 고립시키려는 것이다.

군선에는 군사들과 고수들이 먹을 식량이 실려 있을 것이다. 하지만 그것은 최소한의 식량이다. 군사들은 이동할 때 특히 전시(戰時)에는 이동하는 장소에서 식량의 절반 이상을 조달하는 것이 상식이다.

또한 음식을 만들기 위해서는 식량만 필요한 것이 아니다. 불을 피워야 하므로 땔감도 필요하고 물이나 그 밖에 여러 가지를 필요로 한다.

또한 야영을 하는 데에도 여러 조건이 충족되고 또 필요하게 마련이다.

그러므로 일 단계가 적의 진로를 막거나 변경시키는 것이라면, 이 단계는 사람의 생존에서 가장 필요로 하는 먹는 것과 자는 것을 훼방 놓자는 것이다.

삼 단계는 진퇴양난에 놓인 적 삼백만 대군이 손쉽게 군탈할 수 있도록 편의를 제공하는 일이다.

삼백만 대군이 군선에서 내리면 분명히 무극신련 고수 오만여 명이 그들을 둘러싸고 감시할 것이다.

하지만 드넓은 벌판에 삼백만 대군을 질서정연하게 늘어놓는다고 해도 그 끝이 보이지 않을 정도로 엄청난 수다.

더구나 영정하 최하류 주변에는 삼백만 대군을 한꺼번에 수용할 만큼 드넓은 평야가 없다.

오히려 협곡과 험준한 산으로 이루어진 산악지대가 대부분이기 때문에 군사들을 분산할 수밖에 없고, 그들을 감시하는 무극신련 고수들도 수십 혹은 수백 명씩 소단위로 여기저기 흩어져 있을 수밖에 없다.

모르긴 해도 무극신련 고수 수십, 수백 명이 수만 명의 군사들을 감시해야 하는 상황일 것이다.

그런 상황에서 태무랑 쪽 고수들이 무극신련 고수들을 급습하여 죽이고 군사들이 도망칠 수 있도록 물꼬를 터주는 것이 삼 단계 계획이다.

삼백만 대군을 감시하고 있는 무극신련 고수들을 곳곳에서 동시다발적으로 급습하여, 감시를 받고 있던 군사들에게 한꺼번에 활로를 열어준다면 그야말로 아비규환의 사태가 벌어질 것이다.

사 단계는 탈출한 군사들을 이쪽 편으로 받아들여 오히려 단유천 세력을 공격하도록 만드는 계획이다.

그리고 오 단계는 무극신련 고수들에게 단유천이 화명군을 죽였다는 사실을 알려서 자중지란이 벌어지게 한다는 것인데, 아직 구체적인 계획은 세워져 있지 않다. 증거를 확보하지 못했기 때문이다.

마지막 육 단계는 태무랑이 단유천과 일대일로 대결을 벌이는 것이다.

하지만 그것 역시 아직은 유동적이라서 구체적인 방법을 만들어두지 않았다.

*　　　*　　　*

"어때요? 괜찮은가요?"

소아상은 태무랑의 팔베개를 하고 그를 향해 옆으로 누운 자세에서 커다랗고 흑백이 또렷한 눈을 깜빡거리면서 자못 기대하는 표정으로 물었다.

"그거 좋은데?"

그런데 태무랑이 대답하기도 전에 그의 하체 쪽에서 벽교상의 목소리가 들렸다.

소아상은 그녀를 내려다보다가 얼굴을 빨갛게 붉히고는 얼른 다시 고개를 들어 태무랑을 바라보았다.

벽교상은 태무랑의 하체에 매달려서 씨름을 하고 있는 중이다. 얼굴이 새빨개지도록 뭔가에 열중하면서도 소아상의 말에 일일이 참견은 다 했다.

방금 소아상은 좋은 의견을 생각해 냈다. 태무랑과의 격렬한 정사가 끝난 직후였다.

어쩌면 그와의 정사로 심신이 더없이 상쾌해졌기 때문에 그처럼 기발한 생각이 났는지도 모른다.

소아상보다 먼저 태무랑과 정사를 했던 벽교상은 그가 소아상과 정사를 하는 동안에도 내내 그에게 매미처럼 매달려 있다가 정사가 끝나자마자 제 물건이라도 찾아가듯이 그의 하체에 매달렸다.

"참고로 소녀의 암호는 '구멍'으로 할래요."

소아상은 태무랑의 젖꼭지를 혀로 살며시 핥으면서 속삭이듯 말했다.

그녀가 말한 의견이란, 태무랑 최측근 모두가 개인암호를 사용하자는 것이다.

단유천이 초음삼화경을 극성까지 연공했다면 태무랑처럼 다른 사람으로 자유자재로 변할 수도 있을 것에 대비한 대응책이라고 할 수 있다.

즉, 태무랑 측근들이 가짜인지 아닌지 구별하는 목적으로 개인암호를 사용하자는 것이다.

소아상이 자신의 암호를 '구멍'이라고 한 것에는 특별한 의미가 있다.

그녀가 태무랑과 처음 만났었던 무극신련의 지중옥에서 그녀의 뇌옥과 태무랑의 뇌옥을 연결해 주었던 벽돌구멍을 가리키는 것이다.

그러나 오로지 한 가지 생각만 하면서 한 가지 일에만 매달려 있는 벽교상의 귀에는 '구멍'이라는 말이 그쪽 방면으로 들릴 수도 있다.

"음, 구… 멍이라고?"

무엇을 하고 있는지 아래쪽에서 그녀의 불분명한 목소리가 들렸다. 개 눈에는 뭐만 보인다더니 딱 그 짝이다.

"우물우물. 그럼 나는… 음경으로 할래."

그리고는 그녀는 하던 일에 계속 몰두했다.

"무랑가는 무엇으로 하시겠어요?"

소아상은 벽교상이 볼까 봐 몰래 살짝살짝 태무랑의 젖꼭지를 핥으면서 은밀한 미소를 지었다.

두 여자의 봉사를 받으면서 기분이 좋아진 태무랑은 눈을 감고 소아상의 투실투실하고 보드라운 젖가슴을 쓰다듬으며 중얼거렸다.

"그렇다면 나는 아유(雅乳)라고 할까?"

그대로 풀이하면 '우아한 젖'이라고 할 수 있지만, 소아상

의 이름 중에 '아(雅)'가 있으므로 태무랑의 개인암호는 '아
상의 젖'이라는 뜻이다.

그리고 그것을 알아듣지 못할 소아상이 아니다. 하지만 막
중요한, 그리고 새로운 일을 시작하고 있는 벽교상의 귀에는
들리지 않았다.

"아……."

대신 그녀는 오랫동안 앓던 이가 빠진 듯한 묘한 신음을 토
해내고 있었다.

*　　　*　　　*

"보(湺)라고?"

"그렇습니다. 영정하 최하류에 거대한 보가 설치되었습니
다. 급조한 듯한데 우리 쪽 군선들은 도저히 통과하지 못할
것 같습니다."

단유천은 척후로 보낸 무극신련 고수의 보고를 가져온 측
근의 말을 들으면서 가볍게 눈살을 찌푸렸다.

영정하 최하류에 보를 설치해서 군선의 통행을 막을 줄은
예상하지 못했던 일이다.

단유천은 골똘하게 생각하면서 물었다.

"영정하 주위에 다른 강은 없느냐?"

"영정하 최하류 북쪽 삼십여 리에 금종하(金鐘河)가 있습니다만 영정하보다 강폭이 좁고 수심이 얕기 때문에 군선이 운항할 수 있을지 모르겠습니다."

"어느 정도 수심이어야 군선이 운항할 수 있느냐?"

보고하는 자는 단유천의 최측근인 사대신강이 아니다. 그는 화명군이 신뢰하는 측근 중 한 명으로 궁적(穹寂)이라는 이름을 갖고 있다.

"군선의 흘수(吃水:배가 물속에 잠기는 깊이)는 일 장 오 척입니다. 하지만 그것은 경흘수(輕吃水:배에 화물을 싣지 않은 깊이)일 때입니다. 만재흘수선(滿載吃水線:최대한 흘수선)은 이 장 칠 척이나 됩니다. 금종하 하류의 수심은 그렇게 깊지 않을 것입니다."

원래 강 하구는 상류에서 운반되는 퇴적물 때문에 상류나 중류보다 오히려 수심이 얕을 수밖에 없다.

하지만 북경 근처의 동쪽으로 흐르는 강들은 대명제국 초기에 군선의 운항을 원활하게 하기 위해서 대대적인 공사를 벌여 인위적으로 수심을 깊게 만들었다.

그동안 퇴적물이 쌓이긴 했으나 웬만한 군선이라면 운항이 가능할 터이다.

그러나 문제는 단유천의 군선들은 해외정벌, 즉 해양항해를 목적으로 만들어졌기 때문에 보통의 군선보다 훨씬 크다.

그러므로 흘수선도 훨씬 깊다.

단유천은 즉시 명령했다.

"금종하의 수심을 알아와라."

궁적은 단유천의 명령이 더 있을 것이라 생각하고 그 자리에 시립해 있었다.

"현재 금종하의 수심으로 군선이 운항할 수 있다면 어디까지 갈 수 있는지 알아봐라. 무슨 일이 있어도 천진(天津)까지는 가야 한다. 그러나 만약 수심이 얕다면, 그리고 그 길이가 십 리를 넘지 않는다면 수심을 깊게 만들어라."

궁적은 움찔하며 자신이 뭘 잘못 들었을지도 모른다는 표정을 지었다,

"깊게… 만들라고 말씀하셨습니까?"

궁적의 짙은 의문과는 달리 단유천의 표정은 담담했다.

"놈들이 강에 보를 만들었다면 우린 수심을 깊게 만들 수 있다. 틀렸느냐?'

궁적은 암울한 표정을 지었다.

"보를 만드는 것과 수심을 깊게 파는 것과는 근본적으로 다릅니다. 그것은……."

"불가능하다고 말하고 싶은 것이냐?'

단유천의 표정은 여전히 담담했으므로 궁적은 자신의 대답 여하에 따라서 벌은 받지 않을 것이라고 생각했다.

"그… 렇습니다."

하지만 그것은 그의 오판이었다.

픽!

단유천은 탁자 앞에 있는 의자에 앉아서 찻잔을 만지작거리고 있는데, 그에게서 오른쪽으로 세 걸음쯤 떨어진 곳에 서 있던 궁적의 몸이 갑자기 산산조각나며 흩어졌다. 그 바람에 살점과 핏물이 사방으로 확 뿜어졌다.

하지만 단유천의 몸에는 하나도 묻지 않았다. 또한 그는 궁적을 죽이기, 아니, 산산조각내기 위해서 손 하나 까딱하지 않았다.

그런데 그때 신기한 일이 일어났다.

촤아악!

사방으로 비산(飛散)하고 있던 궁적의 무수한 살점과 핏물들이 허공중에서 한곳으로 확 모아지더니 실내 구석 벽장 사이 틈으로 빨려들 듯이 사라져 버렸다.

그것으로 실내의 벽이나 바닥에는 단 한 점의 티끌만 한 살점이나 핏물도 묻지 않았다.

그뿐 아니라 실내에는 피 냄새나 그 어떤 죽음의 흔적조차도 남아 있지 않았다. 마치 처음부터 궁적이 이곳에 없었던 것 같았다.

단유천은 확실히 변했다. 예전의 그라면 이 정도 일로는 절대 수하를 죽이지 않았다. 아니, 무슨 일이 있어도 수하를 죽이는 일 같은 것은 없었다.

"웅기(雄基)."

단유천이 조용히 중얼거리자 방문이 열리고 즉시 한 명의 중년인이 들어와 그의 옆에 시립했다.

"부르셨습니까?"

그는 화명군의 또 다른 측근 중 한 명이다. 또한 궁적의 절친한 친구이기도 하다. 하지만 그는 궁적이 죽었다는 사실을 추호도 짐작하지 못했다.

단유천은 궁적이 불가능하다고 대답했던 명령을 웅기에게 똑같이 내렸고, 웅기는 아무 말도 하지 않고 명령을 실행하러 달려나갔다. 그것이 그의 목숨을 살렸다.

단유천의 군선들이 금종하 하구에 도착하려면 앞으로 엿새 정도가 남았다.

그는 태무랑과 옥령이 어디에 있는지 모른다. 북경 성내에 있는 수하들을 최대한 이용했지만, 그 둘의 행적은 짙은 안개에 감추어져 있는 듯 도저히 찾을 수가 없었다.

태무랑과 옥령이 있는 곳만 정확하게 알면 일은 쉬워진다. 그러면 구태여 짐스러운 수천 척의 군선을 이끌고 가지 않아도 되기 때문이다.

단유천은 태무랑과 옥령이 자금성 내에 있을 것이라고 추측하고 있다.

하지만 자금성은 지나치게 넓다. 그렇기 때문에 그곳에서 태무랑과 옥령이 어디에 있는지 찾아내려면 자금성 전체를 들쑤셔 놔야 한다.

만약 태무랑과 옥령이 자금성에 없다고 해도, 역시 마찬가지 방법을 사용하면 자연히 나타날 것이다. 태무랑은 장인이 죽는 것을 원하지 않을 테니까 말이다.

또한 단유천이 알고 있는 태무랑은 싸움이 두려워서 숨거나 도망치는 사람이 아니다. 단유천처럼 그 역시 일대일의 싸움을 원하고 있을 터이다.

물론 단유천도 태무랑과의 일대일 싸움을 원한다. 하지만 목적을 이룰 수만 있다면, 어떠한 수단과 방법이라도 총동원할 수 있다. 그것이 단유천과 태무랑이 다른 점이다.

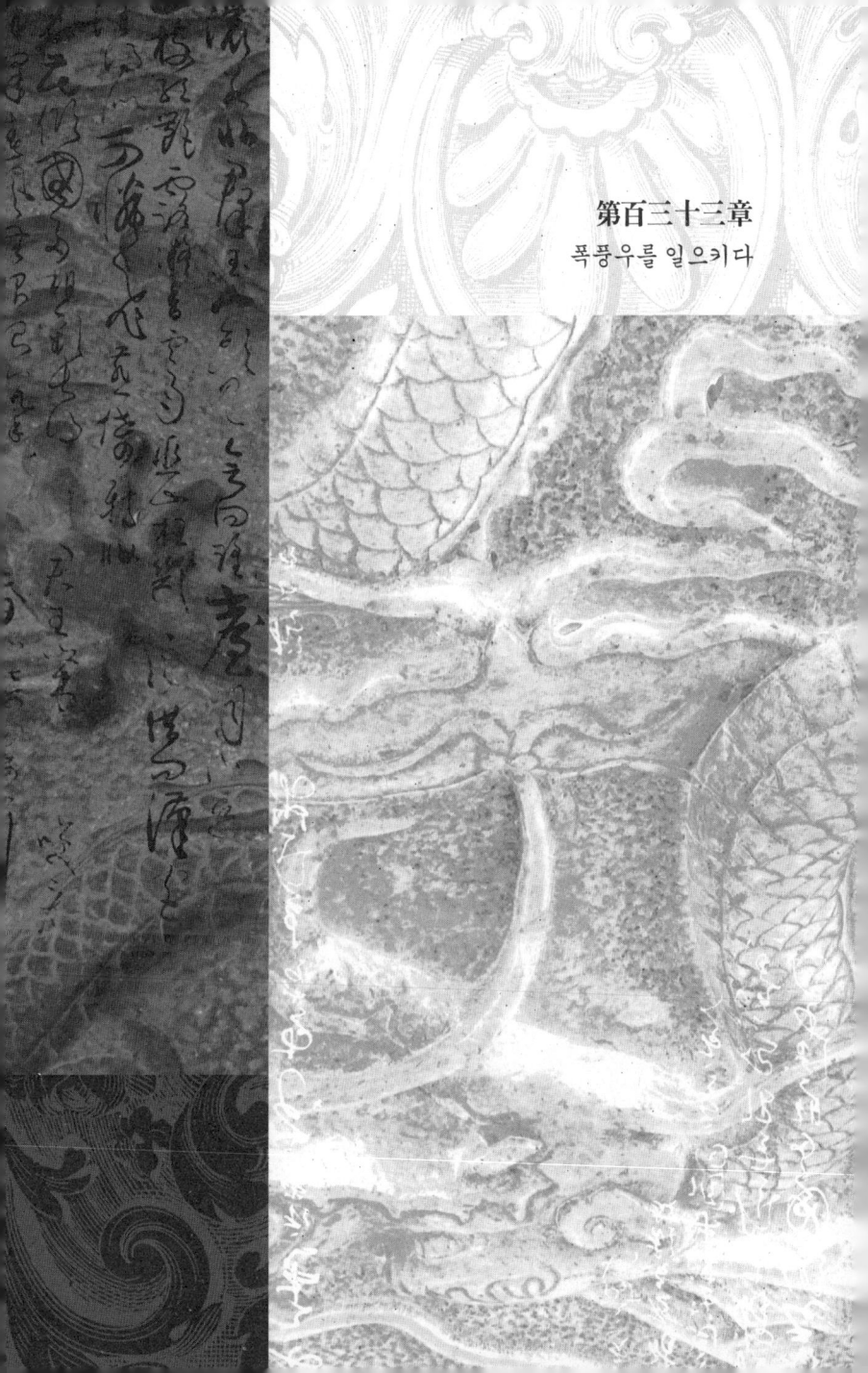

第百三十三章
폭풍우를 일으키다

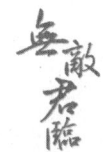

스사아아—

태무랑은 전속력으로 비행하고 있다.

그가 지상에서 오십여 장 높이의 창공으로 너무 빠르게 비행하기 때문에 측근들은 따라올 수가 없었다. 그래서 그는 벽교상만을 데리고 왔다. 그의 측근 중에서 그녀의 무공이 가장 고강하기 때문이다.

하지만 태무랑이 혼자 오려고 했다면 필경 벽교상은 같이 가자고 죽자 사자 매달렸을 것이다.

벽교상은 태무랑하고 단둘이 있을 수 있는 지금 같은 상황이 제일 좋다.

지금 태무랑이 전개하고 있는 비행술은 무림에서 말하는 어풍비행 따위가 아니다.

그는 어떤 초식이나 방법에 구애받지 않은 채 그저 한 마리 독수리처럼 창공을 비행할 뿐이다. 그것이 조화지경에 이른 그의 능력이다.

사실 태무랑은 몹시 위급한 일 때문에 전속력으로 날아가고 있지만, 벽교상은 그다지 걱정하지 않았다. 그가 다 알아서 처리할 것이기 때문이다.

그러므로 그녀는 태무랑하고의 오붓한 지금 이 상황을 즐기기만 하면 되는 것이다.

반면에 태무랑의 표정은 조금 굳어 있다.

'강을 파다니… 거기까지는 미처 생각하지 못했다.'

북경 신풍장에 있던 그는 반 시진 전에 급한 전갈을 한 통 받았다.

서찰에는 무극신련 고수 수천 명이 금종하 하구의 강바닥을 파내고 있다는 내용이 적혀 있었다. 즉, 강바닥의 흙을 파내서 수심을 깊게 만들고 있다는 것이다.

그것은 두말할 것도 없이, 영정하로 진입하지 못하게 된 단유천의 군선들을 금종하를 통해서 진입시키기 위한 임기응변이 분명했다.

금종하는 상류의 천진에서 영정하와 합쳐지기 때문에 북경으로 가는 또 다른 최단거리라고 할 수 있다.

태무랑은 영정하에 보를 설치하면 단유천이 삼백만 대군을 군선에서 육지로 상륙시킬 것이라고 예상했다. 그런데 다른 강의 강바닥을 팔 것이라고는 예상하지 못했던 것이다. 그는 단유천을 과소평가했다.

아니, 어쩌면 단유천이 이처럼 결사적이라는 사실을 간과했었는지도 모른다.

금종하 강바닥을 파고 있는 자들은 필경 무극신련 고수들일 것이다.

그렇다면 그들을 제지하려면 이쪽에서도 고수들을 대거 보내야만 한다.

하지만 강바닥을 파고 있는 수천 명 외에 또 다른 고수들이 있을 것이다.

단유천이 바보가 아닌 이상 그들을 호위하는 세력을 보냈을 것이다. 그것이 정석이다.

벽교상은 태무랑의 등에 엎드린 자세로 찰싹 업혀 있다. 그러면서 그녀는 한시도 가만히 있지를 못했다. 한손은 그의 상의 속에 들어가 있고 다른 손은 괴춤으로 파고들어 쉴 새 없이 뭔가를 만지작거리고 있다. 그녀는 요즘 오로지 색밖에 모르는 색녀가 돼버린 듯하다.

태무랑은 만성이 돼서 그녀가 뭘 하든지 그냥 내버려 둔 채 생각에 골몰해 있다.

금종하 강바닥을 파고 있는 무극신련 고수들을 제지하려면 싸움이 불가피하다. 그들을 물러나게 할 마땅한 다른 방법이 없다.

태무랑은 어떻게든 싸움은 피해보려고 애썼으나 일이 이렇게 된 이상 어쩔 수가 없다.

만약을 대비해서 무적신룡맹 고수 만여 명을 동해 쪽으로 전진배치하고 있었다.

그들이 금종하 하류까지 백여 리를 오는 데는 한 시진쯤 걸릴 것이다.

그전에 태무랑이 먼저 도착하여 상황을 살펴보고 최종 결정을 내려야 한다.

금종하 하구는 큰 규모의 계곡 복판을 흐르고 있었다.

그렇기 때문에 만약 단유천의 군선들이 금종하로 진입하지 못하고 삼백만 대군을 육지에 상륙시키는 상황이 발생한다면 큰 혼란이 빚어질 것이 분명하다.

군선들이 육지에 접안을 하는 것도 어렵지만, 군사들을 상륙시키면 주변이 온통 험준한 계곡과 산악지대이기 때문에 통제가 불가능해진다.

그 말은 곧 단유천이 금종하 강바닥을 파는 일에 전력을 기울이고 있을 것이라는 짐작을 가능하게 했다. 만약 강을 거슬러 오르지 못한다면 최악의 상황에 직면할 것이 분명하기 때문이다.

태무랑은 금종하 하구가 한눈에 굽어 보이는 계곡 한쪽의 꼭대기에 우뚝 서 있었다.

그는 예전에 금종하 하구를 본 적이 없었으나 지금 보고 있는 광경은 아니었을 것이라고 생각했다.

지금 그의 눈에 비친 금종하 하구는 일대장관을 이루고 있었다.

우선 강의 위쪽 한복판에 아름드리나무들을 두 겹으로 빼곡하게 박아서 강물을 막아 좌우 양쪽으로 갈라져서 흐르도록 만든 것이 제일 먼저 눈에 띄었다.

강폭은 대략 백오십 장 정도인데 복판의 십오 장 길이를 아름드리나무로 막아서 물길을 차단한 것이다.

그리고는 십오 장 길이의 물막이 양쪽 끝이 하류 쪽으로 급격하게 확 구부러지면서 계속 아름드리나무들이 길게 박혀 있었다.

즉, 강 복판에 폭 십오 장 길이의 강물이 흐르지 않는 공간이 아래쪽으로 길게 확보되어 있는 것이다.

그리고 그곳에서 한창 공사가 진행되고 있는 중이다. 위쪽과 양쪽에 빽빽하게 꽂은 아름드리나무가 막아주고 있는 덕분에 강물이 들어오지 않는 그곳에서는 수천 명의 고수들이 삽으로 강바닥의 흙을 부지런히 퍼 담고 있었다.

그들의 머리 위로는 수십 가닥의 밧줄이 팽팽한 상태로 가로질러 있고, 그곳에는 도르래에 매달린 커다란 흙 바구니들이 매달려 있다.

그곳에 흙을 퍼 담아서 밧줄을 당겨 강가로 옮겨서 버리는 것이다.

밧줄 양쪽은 강 양쪽의 수십 그루 나무에 묶여 있으며, 그곳에서 고수들이 밧줄을 잡아당기고 또 흙 바구니의 흙을 버리는 일을 반복해서 하고 있었다.

그런 식으로 강바닥을 파면서 조금씩 상류로 이동하는데, 조금씩이라고 하지만 한꺼번에 수천 명의 고수들이 매달려 있기 때문에 태무랑이 지켜보고 있는 동안 그들은 사오 장 이상 상류로 전진했다.

태무랑은 강 양쪽 숲 속에 수천 명의 고수들이 우글거리고 있는 것을 발견했다.

아마도 그들은 강바닥을 파내고 있는 고수들을 호위하는 무리일 것이다.

태무랑은 제일 먼저 강 양쪽에 연결되어 있는 수십 가닥의 밧줄을 잘라 버리는 것이 어떨까 생각해 봤다.

하지만 곧 고개를 가로저었다. 적의 수가 너무 많기 때문에 밧줄을 자른다고 해도 곧 다시 연결할 것이다. 그렇다면 태무랑은 같은 일을 계속 반복하고 무극신련 고수들도 그럴 것이다.

또한 자신의 존재가 노출되어 수천 명의 고수들의 협공을 받게 될 터이다. 협공이 두려운 것이 아니라 그리되면 골치 아파진다.

결국 무적신룡맹 고수들이 도착하여 대대적인 싸움을 벌여서 이들을 물리치는 것밖에 없다는 결론에 도달했다.

[어떻게 할 계획인가요?]

지금까지 잠시도 쉬지 않고 태무랑에게 달라붙어서 온몸을 만지고 주무르고 빨아대던 벽교상이 겨우 손을 멈추고 강을 내려다보면서 전음으로 물었다.

'음. 우리 편이 도착할 때까지 기다려야겠다.'

그러자 벽교상은 반짝 눈을 빛냈다.

[그때까지 얼마나 시간이 있죠?]

'글쎄. 반 시진 정도.'

[그럼 우리 한 번 해요.]

'뭘?'

[그거 있잖아요.]

그러면서 그녀는 어느새 태무랑의 바지를 벗기고 있었다.

태무랑은 그녀를 번쩍 들어 올리고는 다른 손으로 흘러내린 바지를 입었다.

'상아, 지금은 그럴 때가 아니다.'

그녀는 허공에 대롱대롱 매달린 채 이해할 수 없다는 표정을 지었다.

[어째서죠?]

'그것은……'

태무랑은 말문이 막혔다. 반 시진이나 시간이 있으므로 벽교상이 원하는 것을 할 수도 있다. 하지만 그의 말은 지금은 그럴 상황이 아니라는 것이다. 그런데 그때 어떤 생각이 번쩍 떠올랐다.

'맞다! 어쩌면 그게 가능할지도 모르겠군.'

태무랑은 주위를 둘러보다가 멀지 않은 곳에 하나의 커다란 바위를 발견하고 번쩍 하는 순간 어느새 바위 위에 소리없이 내려섰다.

슉—

태무랑이 가부좌의 자세를 하고 앉자 벽교상은 기다렸다는 듯 얼른 그의 허벅지에 마주 보는 자세로 달랑 앉아서 그를 꼭 끌어안았다.

태무랑은 그녀가 뭘 하든지 개의치 않고 지그시 눈을 감으며 두 팔을 앞으로 뻗어 손바닥이 위를 향하게 했다.

지금은 미시(오후 2시)쯤으로 중천에는 태양이 떠 있고 구름 한 점 없이 청명하게 맑다.

그는 번개와 소나기를 일으키려는 것이다. 예전에 자신의 능력을 알아볼 때 시험 삼아서 번개를 일으킨 적은 있었으나 비를 오게 했던 적은 없었다.

하지만 번개를 부를 수 있으면 비를 부를 수도 있을 것이라는 게 그의 생각이다.

벽교상이 꼼지락거리면서 무엇인가를 하고 있으나 신경 쓰이지는 않았다.

스우우.

그가 자세를 잡고 천원신기를 허공으로 발출하기 시작한 지 열 호흡쯤 지났을 때 어떤 변화가 일어났다.

파랗게 청명하기만 하던 하늘이 갑자기 어두컴컴해지는 것 같더니 어느새 먹구름이 잔뜩 모여들었다.

우르릉.

그리고는 허공을 떨어 울리는 우렛소리가 은은하게 계곡 전체를 뒤흔들었다.

강바닥을 파는 데 열중하고 있던 무극신련 고수들은 불안한 표정으로 하늘을 올려다보며 웅성거렸다. 그러면서 설마 마른하늘에 비는 내리지 않을 것이라고 서로 위로하며 계속 일을 서둘렀다.

하지만 하늘은 점점 더 어두워져서 얼마 후에는 캄캄하게 변했고 천둥소리는 더욱 거세게 천지를 울렸다.

그리고 드디어 태무랑이 천원신기를 발출한 지 스무 호흡 만에 갑자기 하늘에서 장대비가 쏟아지기 시작했다.

콰아아아—!

얼마나 쏟아지는지, 아니, 퍼부어대는지 강이며 계곡 전체가 떠내려갈 것처럼 가공한 기세였다.

수천 명의 무극신련 고수들이 우왕좌왕하며 어쩔 줄을 모르는 광경이 똑똑하게 보였다.

강에 급속도로 빠르게 물이 차오르는가 싶더니 박아놓은 아름드리나무 위로 마침내 강물이 넘쳐흘러서 강바닥을 파던 고수들에게 쏟아졌다.

고수들은 일제히 삽을 내던지고 강가를 향해 헤엄치기 시작했으며, 우두머리들은 계속 강바닥을 파라고 고래고래 소리를 질렀다.

하지만 수십 명의 중간 우두머리들이 수천 명의 고수들을 막아낼 수는 없는 노릇이다.

콰콰아아—

빗발은 더욱 거세져서 양쪽 계곡에서 폭포 같은 수백 개의 물줄기들이 강으로 쏟아졌다.

쿠콰아아—

결국 강 복판에 박아놓은 아름드리나무들은 얼마 버티지 못하고 송두리째 뽑혀서 둥둥 떠내려갔다. 그리고 미처 피하지 못한 고수들은 휩쓸려 떠내려가면서 몸을 솟구쳐 강가로 빠져나오느라 난리법석을 피웠다.

벽교상은 비가 오는지 천둥이 치는지 전혀 모른 채 자기 할 일에만 푹 빠져 있다.

태무랑은 아무것도 하지 않고 가만히 있는데 빗방울은 그의 몸 근처에도 이르지 않고 멀찍이에서 모두 튕겨 나갔다. 그뿐만 아니라 바위 위에 앉아 있는 그의 모습은 아무도 보지 못한다.

콰아아—

강물이 엄청나게 불었으며 급류로 변해서 세차게 흘러내리고 있었다.

강가의 고수들은 비가 그치거나 강물이 줄면 다시 강에 들어가서 공사를 하려고 준비를 하고 있는 모습이다. 하지만 비는 그칠 생각을 하지 않았고, 강물은 점점 더 불어서 고수들은 자꾸 뒤로 물러나야만 했다.

하지만 고수들은 철수할 생각을 하지 않고 근처에 모여서 비가 그치기를 기다렸다.

태무랑은 그들이 여간해서는 쉽사리 물러나지 않을 것이라는 생각이 들었다.

그렇다고 해서 태무랑이 언제까지고 이곳에서 비를 내리게 할 수는 없는 일이다.

물론 그의 능력으로는 며칠이고 쉬지 않고 비를 내리게 할수는 있다.

그러나 그럴 경우에는 역효과가 일어난다. 강물이 불어서 수심이 깊어지기 때문에 단유천의 군선들이 어렵지 않게 금종하 상류로 운항할 수 있게 되는 것이다. 혹을 떼려다가 오히려 붙이게 되는 일이 벌어진다는 것이다.

이윽고 태무랑이 뻗었던 양팔을 거두어들이자 시커멓던 하늘에서 먹구름이 흩어지면서 푸른 하늘이 드러나며 태양이 모습을 나타냈다.

하지만 강물은 여전히 불어난 상태로 거세게 흐르고 있다.

그러나 태무랑이 이 근처 오 리 일대에만 국지적으로 비를 내리게 했으므로 오래지 않아서 수위가 내려갈 테고, 그리되면 무극신련 고수들이 다시 강바닥을 파내는 작업을 재개할 터이다.

결국 태무랑은 비를 내리게 하는 일로는 단유천의 군선을 막을 수 없다는 결론을 내렸다.

"음… 좋아……."

그때 벽교상이 그의 가슴에 얼굴을 묻으며 몸을 부르르 떨더니 기분 좋은 콧소리를 냈다.

태무랑이 비를 내리게 하고 있는 동안 그녀는 한바탕 일을 치렀던 것이다.

그녀는 두 손으로 태무랑의 등을 꼭 끌어안고 하체의 어느 부위를 움찔거리며 달콤하게 속삭였다.

"사랑해요, 무랑가."

*　　　*　　　*

바닷가 높은 절벽 위에 한 무리의 사람들이 모여 있다.

태무랑과 측근들이다. 그리고 주위 수십 리 일대에는 무적 신룡맹 고수들이 매복해 있다.

절벽 위의 태무랑과 측근들은 굳은 표정으로 바다 오른쪽을 보고 있다.

그곳에는 수천 척의 거대한 군선들이 북상하고 있는 일대 장관이 펼쳐지고 있었다.

다름 아닌 단유천의 군선들이다. 영정하 하구를 지나 금종하를 향해 북상하는 중이다. 즉, 태무랑 등의 오른쪽에서 왼쪽으로 항해하고 있다.

군선을 주시하고 있는 사람들은 태무랑을 제외하고는 모두 극도로 긴장한 표정들이다.

무극신련 고수들이 금종하의 강바닥을 파서 수심을 깊게

해놨기 때문에 단유천의 군선들이 운항을 하여 천진까지 가는 데는 전혀 지장이 없는 상황이다.

무적신룡맹 고수들이 도착하여 강바닥을 파고 있는 무극신련 고수들을 공격하려는 것을 태무랑이 제지했다. 어떻게 해서든 대규모 싸움은 피하려는 생각이다.

싸움을 벌여 적들을 섬멸하여 금종하 강바닥을 깊게 만드는 것은 제지할 수 있겠지만 무적신룡맹 고수들도 많이 죽을 것이기 때문이다. 태무랑은 싸우지 않고 이기는 방법을 선택한 것이다.

그에게는 한 가지 방법이 있다. 수천 척의 군선들이 보이는 이곳 절벽 위로 온 이유도 그것 때문이다. 이곳에서 그는 인위적으로 풍랑을 일으킬 계획이다.

만약 그것이 성공한다면 군선들은 풍랑을 피해서 앞다투어 해안에 상륙할 것이다.

그리고 그 혼란을 틈타서 군선의 삼백만 대군들을 탈출시킨다는 것이 태무랑의 계획이다.

기나긴 군선의 선두가 태무랑 등의 시야를 벗어나 북쪽으로 사라져 가고 있었다. 그리고 그 뒤를 꼬리를 물고 군선들이 이어졌다.

태무랑은 묵묵히 군선들을 바라보았다. 드넓은 바다에 풍랑을 일으키는 것은 금종하 계곡에서 비를 부르는 것과는 전혀 차원이 다른 일이다.

비를 부르는 것은 그리 넓지 않은 지역이었으나, 이것은 수십 리 바다를 풍랑으로 뒤덮어서 군선들을 위험에 빠뜨려야만 하는 엄청난 일이다. 더구나 군선들이 침몰하지 않도록 해야 한다.

이때만큼은 벽교상도 태무랑에게 달라붙지 못하고 긴장된 표정으로 군선들과 그의 얼굴을 번갈아 쳐다보았다.

그의 좌우에 늘어서 있는 측근들은 초조함이 극에 달한 표정이다.

아무리 태무랑이지만 어찌 저 넓은 바다에 풍랑을 일으켜서 삼천 척에 달하는 군선들을 위태롭게 만들 수 있겠는가.

측근들은 그 누구보다도 태무랑을 믿고 있지만, 솟구치는 의구심을 어쩌지는 못했다.

슥―

이윽고 태무랑이 절벽 끄트머리에 가부좌의 자세를 잡고 묵묵히 앉았다.

측근들은 그의 뒤에 일렬로 늘어서서 초조한 표정으로 시켜보았다.

태무랑은 비를 내리게 할 때처럼 두 팔을 뻗지 않았다. 그는 단지 앉은 채 천원신기를 일으킬 생각이다.

그런데 그가 가부좌를 틀고 앉은 지 약 일다경의 시간이 흘렀는데도 아무런 변화가 일어나지 않았다.

그를 지켜보고 있는 측근들은 바다를 보면서 더욱 초조한 표정을 지었다.

군선들의 선두는 아예 보이지도 않고, 수십 척씩 대열을 이룬 군선들이 줄지어 북상하고 있는 광경을 보면서 이 일이 실패할지도 모른다는 불안감이 가중되었다. 어쩌면 인간의 힘으로 풍랑을 일으킨다는 것이 처음부터 허무맹랑한 일이었는지도 모른다.

태무랑에게서는 천원신기가 발출되는 어떠한 징후도 일어나지 않고 있었다.

하지만 그는 이미 천원신기를 전력으로 발출하여 바다와 하늘을 향해 쏘아내는 중이다.

절벽에서 보이는 바다는 온통 군선들로 뒤덮인 상황이다. 아예 바다가 보이지 않을 정도다.

그리고 하늘은 여전히 청명했으며 바다의 수면은 잔잔하기 이를 데 없다.

원래 이곳 발해만 깊숙한 곳은 지형적으로 풍랑이 전혀 일어나지 않는 곳이다.

주위의 높은 산들이 거센 바람을 막아주고 또 이 해역은 수심이 얕기 때문이다.

휘이—

그때 중인은 한 줄기 거센 바람이 자신들을 휩쓸고 지나가는 것을 느꼈다.

그 바람은 바다 쪽에서 불어왔기 때문에 중인은 즉시 바다를 쳐다보았다.

그리고 그들은 바다에 갑자기 변화가 일어나기 시작하는 광경을 목격했다.

시리도록 파랗게 맑은 하늘에 빠른 속도로 먹구름이 사방에서 몰려들고 심상치 않은 바람이 저 멀리 바다 쪽에서 불어오고 있었다.

햇빛이 쨍쨍 내리쬐고 있었는데 느닷없이 음산한 기운이 감돌기 시작했다.

태무랑은 가부좌로 앉은 채 돌부처가 된 듯 꼼짝도 하지 않고 있었다.

오래지 않아서 주위는 흡사 한밤중인 듯 캄캄하게 변했으며 후둑후둑 비가 떨어지는가 하면 파도가 점차 거세져서 조그만 배들은 나뭇잎처럼 날아갈 것만 같았다.

"아아……."

그 광경에 압도되어 누구의 입에서 탄성이 흘러나왔다.

콰아아아—

이제 바다는 더 이상 잔잔한 바다가 아니다. 천지를 집어삼킬 듯이 폭풍이 휘몰아치며 작은 산더미 같은 파도가 흰 포말을 일으키며 으르렁거렸다.

촤아아―

절벽 위에도 세찬 비바람이 몰아쳤다. 하지만 중인은 전혀
비를 맞지 않았다. 태무랑 주위 십여 장 일대는 완전히 무풍
지대였다.

중인은 극도로 긴장하여 눈도 깜빡이지 않고 숨을 멈춘 채
바다를 뚫어지게 주시했다.

그들의 눈앞에서 죽을 때까지 잊지 못할 대장관이 벌어지
고 있었다.

갑자기 몰아치는 폭풍우에 바다는 솥 안에서 펄펄 끓는 뜨
거운 물처럼 들끓었다.

한 척에 수천 명의 군사를 태운 거대한 군선들은 거짓말처
럼 춤을 추면서 대열이 흩어졌다.

군선에서 고함과 비명을 지르는 소리가 절벽에 있는 중인
의 귀에까지 들렸다.

그때 여기저기 군선에서 바다에 뛰어드는 군사들의 모습
이 보였다.

풍랑으로 배가 뒤집히기 전에 스스로 살길을 찾아서 바다
로 뛰어드는 것이다.

절벽 위의 중인은 이런 대자연의 위력을 일개 사람인 태무
랑이 일으켰다는 사실을 자신들의 눈으로 보고 있으면서도

믿어지지가 않았다.

이것은 너무도 어마어마한 일이다. 이런 것은 오직 신만이 행할 수 있다. 그래서 중인은 더없는 경외심을 갖고 태무랑을 바라보았다.

폭풍의 영향권은 수십 리에 달했다. 그러므로 선두의 군선이나 후미의 군선 모두 금방이라도 침몰할 듯이 심하게 흔들렸으며, 실제로 몇 척은 침몰하기도 했다.

태무랑은 그런 것까지는 막을 수가 없다. 대의를 위해서라면 그 정도는 감수해야만 한다.

오륙 장 이상 치솟는 파도 속에서 허우적거리는 군사들의 모습이 마치 밥그릇에 물을 말아놓은 것처럼 보였다.

마침내 군선들이 앞다투어 해안으로 몰려들었다. 풍랑을 피해서 해안에 임시로 정박하려는 것이 틀림없다.

그때 긴장한 표정의 벽교상이 바다를 쏘아보면서 나직한 목소리로 입을 열었다.

"준비는 끝났나요?"

"모두 끝냈습니다."

"계획을 약간 수정하겠어요."

냉철한 표정의 벽교상은 더 이상 태무랑만 보면 정사를 하자고 달려드는 색녀의 모습이 아니다.

지금 그녀는 태무랑을 대신할 수 있는 훌륭한 지휘자의 모

　수천 척의 군선들이 해안에 길게 띠를 이룬 채 몰려들었다.

　그 띠의 길이는 남북으로 십여 리에 이르렀으며 띠의 뒤쪽에서도 수많은 군선들이 뒤따르고 있었다.

　군선들이 향하는 곳은 요행히 백사장도 있지만 대부분은 기암괴석이 난립한 암석지대이거나 아니면 산기슭이나 절벽이었다.

　백사장 쪽으로 밀려든 군선들은 얕은 곳에 서둘러서 닻을 내렸다. 폭풍우가 가라앉기를 기다리려는 것 같았다.

　하지만 그들 뜻대로 되지 않았다. 군선들은 세찬 파도에 밀려 점점 더 백사장 쪽으로 밀려왔고 오래지 않아서 배 밑바닥이 모래톱에 걸리고 말았다.

가가각—

그러자 그것이 신호인 듯 수십 척의 군선에서 군사들이 무더기로 백사장으로 뛰어내려 죽을힘을 다해서 뭍을 향해 달리기 시작했다.

뒤이어 군선에서 무극신련 고수들이 뛰어내려 군사들을 추격하면서 도검을 휘둘러 무차별 주살했다. 하지만 군사들은 멈추지 않았다.

"으아악!"

"크악!"

그러나 한 척의 군선에서 뛰어내려 도망치는 군사들은 수천 명인데 비해서 추격하는 고수들은 수십 명에 불과하기 때문에 군사들을 통제하는 것은 불가능했다.

더구나 악에 바친 군사들은 창칼을 뽑아 들고 고수들과 맞서서 싸우기를 마다하지 않았다.

백사장에 밀려온 수십 척의 군선에서 뛰어내린 수만 명의 군사들이 백사장을 새카맣게 뒤덮은 채 숲을 향해 결사적으로 달려갔다. 그것은 생존을 위한 결사의 탈출이다.

그때 숲 속에서 무적신룡맹 고수 수백 명이 쏟아져 나와 무극신련 고수들을 향해 곧장 마주쳐 갔다.

쏴아아—

군사들을 제지하고 또 주살하느라 정신이 없는 무극신련 고수들은 느닷없이 급습을 가하는 무적신룡맹 고수들에게 변변하게 저항조차 하지 못한 채 곳곳에서 죽어갔다.

그것은 한마디로 대탈출(大脫出)이라고밖에는 표현할 수가 없는 상황이었다.

금종하 조금 못 미친 남쪽 해안가 십여 리에 걸쳐서 길게 띠를 이룬 채 뒤엉켜 있는 삼천여 척의 군선이 빚어내고 있는 전대미문의 사건이었다.

해안의 대부분을 이루고 있는 기암괴석과 절벽에 접안하거나 근처에 정박하려던 군선들은 거센 풍랑 때문에 바위와 절벽에 충돌하든지 군선끼리 서로 부딪쳐서 부서지고 침몰하기 일쑤였다.

그런 식으로 대파하거나 침몰한 군선이 삼분지 일, 무려 천여 척에 달했다.

어느덧 태무랑이 천원신기를 거두었기 때문에 더 이상 폭풍우는 몰아치지 않았다.

아니, 언제 폭풍우가 쳤느냐는 듯 빌해만의 하늘과 바다는 더없이 쾌청하고 맑기만 했다.

하지만 군선들은 다시는 바다로 나아가지 못했다. 해안가는 군선들의 거대한 무덤으로 변해 있었다.

미리 대기하고 있던 무적신룡맹 고수들은 해안의 몇 군데 백사장을 제외하고는 거의 모든 해안에서 군선들이 미처 정박하지도 않았을 때 급습하여 성공적으로 무극신련 고수들을 제압했다.

그 덕분에 삼백만 대군은 대부분 탈출에 성공하여 군선을 완벽하게 벗어났다.

그리고 그들은 해안에서 이십여 리 떨어진 곳에서 일제히 멈추어야만 했다.

그곳에서 그들을 기다리고 있는 것은 무적신룡맹 고수들과 구문제독 휘하의 군사들, 즉 토벌군이었다.

처음에 단유천의 군사들은 그들을 돌파하려고 했었다. 하지만 곧 창칼을 거두었다.

그들이 달려오는 단유천의 군사들을 향해 일제히 입을 모아 소리쳤기 때문이다.

"토벌군(討伐軍)에 합류하면 고향으로 보내주겠다―!"

잠시 멈칫했던 단유천의 군사들은 토벌군이 제시하는 몇 가지 조건에 대해서 자세히 듣고는 망설임없이 토벌군에 합류했다.

토벌군이 제시한 조건은 간단했다.

첫째. 토벌이 끝나면 고향으로 보내준다.

둘째. 고향까지의 여비와 정착금을 지원한다.

셋째. 군사로 남는 사람은 최고의 대우를 보장한다.

                    *   *   *

단유천은 조금 전에 자신이 직접 겪은 일이면서도 도저히 믿어지지가 않았다.

청명한 하늘에다가 수면은 거울처럼 잔잔하기만 하던 바다가 어떻게 순식간에 지옥 같은 아비규환으로 돌변할 수가 있다는 말인가.

그리고는 삼천여 척의 군선을 모조리 해안으로 몰아넣고는 거짓말처럼 날씨가 화창하게 개었다.

폭풍우가 휘몰아친 시간은 대략 반 시진 남짓에 불과했다.

그러나 그사이에 단유천은 모든 것을 깡그리 잃었다. 그의 곁에는 사대신강과 몇 명의 화명군 측근들만이 남아 있을 뿐이다.

그것은 그가 의도했던 원대한 계획이 완전히 물거품이 됐다는 뜻이기도 했다.

그의 배는 해안가에서 십여 리쯤 떨어진 바다에서 돛을 모두 펼친 채 혼자 운항하고 있다.

아니, 해안으로부터 점점 멀어지는 중이다. 그가 어디로 가라고 지시한 것이 아니다.

배를 모는 누군가가 해안으로부터 멀어져야 한다고 생각한 모양이었다.

"으으. 태무랑, 이놈이……."

폭풍우가 지나간 지 반 시진이 지나서야 그는 난데없이 몰아친 폭풍우가 천재지변이 아니라 태무랑이 일으켰을 것이라고 추측했다.

머리로도, 그리고 가슴으로도 도저히 믿어지지 않았다. 어떻게 인간이 그토록 거대한 폭풍우를 일으켜서 삼천 척의 군선을 침몰 직전까지 몰아넣을 수가 있다는 말인가.

하지만 모든 상황이 말해주고 있었다, 태무랑이 폭풍우를 일으켰다는 사실을.

조금 전에 단유천은 거의 이성을 잃은 상태에서 해안으로 돌진하려고 했었다.

사대신강이나 화명군의 측근들은 그를 만류하지 않았다. 아니, 못했다.

그를 거스르는 행동은 죽음으로 직결된다는 사실을 수하들은 이미 잘 알고 있기 때문이다.

하지만 단유천은 초마령을 완성함으로써 비단 극마성이

됐을 뿐만 아니라 냉철한 이성과 보통사람으로서는 상상하지
도 못할 두뇌를 갖게 되었다.

그는 해안으로 달려가려는 감정을 초인적인 인내심으로
참아냈다.

왜냐하면 그는 해안에 태무랑이 있을 것이라고 짐작, 아니,
확신하고 있기 때문이다.

하지만 그곳에는 태무랑 혼자만 있지는 않을 것이다. 그의
측근들과 무적신룡맹의 수많은 고수들, 그리고 군사들이 득
실거릴 것이다. 감정이 앞서서 절대로 그것을 간과해서는 안
된다고 마지막 순간에 단유천의 얼음처럼 냉철한 이성이 일
깨워 주었다.

비록 태무랑이 폭풍우를 일으킬 정도의 조화지경에 이르
렀다고 해도, 단유천은 그와 일대일로 싸우면 백전백승 이길
자신이 있다고 확신하고 있다.

태무랑이 폭풍우를 일으키는 따위의 잔재주를 피울 수 있
다면, 단유천 자신은 사람을 죽이는 악마의 능력을 지니고 있
기 때문이다.

폭풍우를 일으키는 것은 대단하지만 그 정도로는 자신을
죽일 수 없다고 단유천은 생각했다.

"으음……."

군선의 가장 높은 누각 창 앞에 서 있던 단유천은 나직하며

긴 신음을 흘렸다.

그는 그것으로 태우랑에 대한 분노, 그리고 삼백만 대군과 무극신련 고수 오만을 잃은 것에 대한 좌절, 계획이 물거품이 돼버린 것에 대한 실망감을 다 날려 버렸다.

실로 소름끼치도록 차가운 정신력이다. 그는 감정마저도 얼려 버렸다.

"한상, 이 배가 지금 어디로 가고 있느냐?"

단유천은 자신의 측근 사대신강의 한 명인 한상을 조용히 불렀다.

"정확한 목적지가 없습니다."

"흠."

단유천은 작은 콧소리를 내며 탁자 앞에 앉았다.

목적지가 있을 리가 없다. 이 배는 동해군영으로도, 무극신련 총본련이 있는 무창으로도, 그리고 자금성으로도 가지 못한다.

얼마 전까지만 해도 일인지하만인지상의 신분이었던 그가 이제는 갈 곳 없이 표류하는 신세가 되었다.

한상은 초조함과 착잡함, 그리고 약간의 연민이 섞인 표정으로 조심스럽게 단유천의 표정을 살피다가 의아한 표정을 지었다.

단유천이 태연한 모습으로 손가락을 들어 탁자를 톡톡 두

드리고 있었기 때문이다.

　그것은 한상으로서는 이해하기 어려운 모습이다. 지금은 최악의 상황인데 단유천은 매우 홀가분한 표정을 짓고 있지 않은가.

　"한상."

　"하명하십시오."

　단유천은 표정만이 아니라 목소리마저도 느긋했다.

　"가까운 포구로 가자."

　"존명."

　"이후 너희는 가고 싶은 곳으로 떠나라."

　"……."

　한상은 생애 처음으로 멍한 표정을 지었다. 그는 필경 자신이 잘못 들었을 것이라고 생각했다.

　단유천이 그런 말을 했을 리가 없다. 한상은 단유천이 어린 소년이었을 때부터 그를 지척에서 모셔왔던 최측근이 아니었던가.

　"물러가라."

　단유천이 손을 저었다. 그는 한상과의 이별에 추호의 미련도 없는 듯했다.

　"주군, 방금 무슨 말씀을……."

　"배를 가까운 포구로 이끈 후에 너희들 가고 싶은 곳으로 가라. 알았느냐?"

똑같은 말을 두 번 들었다. 한상이 절대로 잘못 들은 것이
아니다.

"속하들이… 아니, 속하가 무엇을 잘못했습니까?"

"아니다. 내가 방금 깨달은 것이 있기 때문이다."

"그게… 무엇입니까?"

단유천은 짤막하게 대꾸했다.

"홀가분해졌다는 사실이다."

그리고 그는 정말로 만족한 듯한 미소를 지었다.

*　　　*　　　*

태무랑은 해안가와 수천 척의 군선 속에서 끝내 단유천을
발견하지 못했다. 그는 단유천이 이미 멀리 사라졌을 것이라
고 판단했다.

단유천이 미치지 않고서야 이런 상황에서 단독으로 태무
랑을 공격하지는 않을 것이다.

'난감하게 됐다.'

단유천은 갈 곳이 없다. 줄 끊어진 연 신세가 된 것이다. 그
러나 그것을 달리 표현하자면, 무엇 하나 거칠 것 없이 자유
로워졌다고 할 수 있다.

그것은 또 태무랑이 단유천의 존재를 찾아내는 것이 매우 어려워졌다는 뜻이기도 했다.

예전에는 단유천을 찾으려면 그냥 봉래현 동해군영으로 가면 됐었다. 하지만 이제는 그를 어디에서도 찾아낼 수가 없게 되었다.

또한 그것은 단유천이 언제 어느 곳에서 무슨 방법으로 태무랑과 그의 측근들을 급습할지 종잡을 수 없게 됐다는 뜻이기도 하다. 단유천은 어둠 속에서 숨어 있는 날카로운 창이 되었다.

태무랑은 단유천과 삼백만 대군, 그리고 무극신련 오만 고수로부터 자금성과 북경을 지켜내기는 했으나 또 다른 문제가 발생했다.

태무랑과 단유천의 입장이 뒤바뀌고 만 것이다. 태무랑은 지켜야 하고, 단유천은 공격자가 되었다.

*　　　　*　　　　*

태무랑은 북경성에 있는 측근들의 거처를 자금성으로 옮겼다. 자신과 조금이라도 관계가 있는 사람들을 모두 포함시켰다.

모든 세력을 잃은 단유천의 목표가 태무랑 자신과 옥령으로 좁혀졌다고 판단했기 때문이다.

태무량은 만약 자신이 단유천이라면 지금과 같은 상황에서 과연 어떤 방법을 선택할 것인지 역지사지의 입장에서 곰곰이 생각해 보았다.

하지만 태무량은 단유천처럼 극악하지 않기 때문에 그의 방법을 알아내는 것에는 한계가 있다.

극악한 단유천은 태무량 같은 사람이 상상조차 하지 못할 방법을 시도할 것이다.

어쨌든 단유천은 목적을 위해서라면 수단 방법을 가리지 않을 것이 분명하다.

그러므로 이쪽에서는 무슨 일을 당하기 전에 최대한 방비를 해야만 한다.

그렇지만 단유천은 너무 고강하다. 만약 그가 화명군을 죽였다면, 그래서 초마령의 경지에 도달했다면, 그를 상대할 사람은 하늘 아래에 태무량 혼자밖에 없을 것이다.

그 말은 태무량이 아무리 빗장을 단단히 걸어 잠그고 조심을 하며 측근들을 단속한다고 해도, 단유천이 마음만 먹으면 태무량을 제외하고는 측근 누구든지 제물로 삼을 수가 있다는 뜻이다.

그래서 태무량은 될 수 있는 한 하루의 대부분을 넓은 방에서 측근 모두와 함께 지내고 있다.

미봉책이지만 지금으로선 그럴 수밖에 방법이 없다. 측근 중에서 누구라도 태무랑의 시선 밖으로 벗어나면 그로서도 보호해 줄 수 없기 때문이다.

태무랑으로서도 발목이 묶여 버려서 답답하기 짝이 없는 노릇이다.

측근들을 보호하고 있는 동안에는 마음대로 아무 데도 갈 수가 없다.

단유천을 찾는다거나 무엇이라도 조사하러 여기저기 돌아 다니기는커녕 자금성 내에서조차 행동에 제약을 받고 있는 상황이다.

그렇게 아무런 진전도 변화도 없이 시간이 화살처럼 빠르 게 흘러갔다. 금종하 해안가에서 단유천이 사라진 이후 한 달 이 훌쩍 지나갔다.

모두들 지쳐갈 즈음, 사건은 전혀 예기치 않았던 곳에서 일 어났다.

묘시(새벽 6시).

자금성의 거대한 성문이 열렸을 때 성문 밖에는 하나의 시 커먼 철관(鐵棺)이 놓여 있었다.

군사들이 철관을 열어보려고 노력했으나 철관은 원래부터 하나의 쇳덩어리였던 것처럼 미세한 틈조차 없어서 꼼짝도 하지 않았다.

결국 여러 도구를 사용하여 철관을 자를 수밖에 없었으며, 정오 무렵이 돼서야 철관 안에 한 구의 여자 시체가 들어 있다는 사실을 알게 되었다.

윗부분이 잘려 나간 철관은 태무랑에게 보내졌다.

"화야……."

태무랑은 바닥에 놓인 시커먼 철관 옆에 우뚝 서서 철관 안에 누워 있는 한 사람을 굽어보며 눈을 부릅뜬 채 신음처럼 중얼거렸다.

철관 안에 누워 있는 사람은 여자였다. 또한 그녀는 태무랑이 너무도 잘 아는 여자다. 그녀는 바로 은지화였다. 태무랑만 보면 오줌을 싸는 바로 그녀다.

태무랑이 강호에 나와서 최초로 만났던 여자가 은지화다. 그리고 그녀는 태무랑에게 많은 도움을 주었으며 위기에서 구해주었고 또 각별한 친분을 유지했다.

어쩌면 태무랑은 자신의 다섯 부인보다 은지화하고의 친분이 더 두터웠을지도 모른다.

그런데도 그녀는 운이 없었다. 언제나 그녀는 태무랑의 시선 밖에서 맴돌았다.

태무랑은 그녀와 너무 친하고 또 허물이 없다 보니까 그녀를 눈곱만큼도 여자로 보지 않았고 그저 누이동생처럼만 여겼었다.

그는 은지화가 자신을 좋아했다는 사실을 잘 알고 있었다. 그러면서도 외면했다. 그녀를 여자로 여기지 않는다는 이유 때문이었다.

그는 은지화의 나신을 수없이 봤었고 그의 곁에 오기만 하면 오줌을 싸는 등 그녀의 여자로서 감춰야 할 모습까지도 속속들이 봐왔었다.

어쩌면 그런 것들 때문에 그녀를 더 여자로 보지 않았었는지도 모른다.

태무랑과 너무도 가까운 여자였으나 그의 외면으로 인해서 언제나 주변에서만 맴돌았었던 은지화.

그녀가 지금 생명이 끊어진 한 구의 시신이 되어 다시 태무랑의 관심을 끌고 있다.

살아생전에는 관심 밖이었으나 죽어서 관심의 대상이 된 슬픈 운명인 것이다.

더구나 은지화는 실오라기 한 올 걸치지 않은 눈처럼 흰 나신으로 철관 안에 누워 있었다.

그뿐이 아니다. 똑바로 누운 자세인 그녀의 몸 앞면에는 세로로 붉은 한 줄의 글이 새겨져 있었다.

태무랑. 이것은 시작이다.

도검이 아닌 강기로 새긴 글씨다. 그래서 은지화의 핏물이 배어 나와 글씨를 이루었다.

그녀는 살아서는 태무랑에게 진심을 고백하지 못하고 겉으로만 돌면서 외면을 당하다가 죽어서야 단유천의 복수를 전하는 신세가 되었다.

태무랑의 측근들은 철관을 빙 둘러싸고 서서 은지화를 굽어보는데 표정들이 한없이 착잡했다.

그중에서 누구보다도 은지화와 친했던 수월화와 신풍개가 눈물을 흘리고 있다.

태무랑의 측근 중에서 신풍개는 제일 먼저 은지화를 알게 됐었고, 수월화는 은지화가 오랫동안 무령왕가에 머물렀을 때 친자매처럼 사이좋게 지냈다.

태무랑의 시선이 은지화의 사타구니에 머물렀다. 아니, 약간 벌어진 허벅지 사이로 그 아래쪽 철관 바닥에 약간의 물이 고여 있는 것에 시선이 고정되었다.

아마도 은지화는 숨이 끊어지는 마지막 순간에 공포에 질려서 오줌을 싼 것 같았다.

태무랑은 그녀가 죽어가는 모습을 상상하다가 와락 얼굴을 일그러뜨리며 부르르 몸을 떨었다. 분노가 치밀어 올라서 주체할 수가 없다.

그때 수월화가 상의를 벗어 은지화의 나신을 덮어주었다.

이어서 그녀는 태무랑 옆에 서서 그의 손을 꼭 잡았다. 아무 말도 하지 않았으나, 그렇게 함으로써 그에게서 위로를 받고 또 그를 위로하고 있었다.

옥령은 태무랑 뒤에 서 있었다. 그녀는 조금 전까지만 해도 태무랑 옆에 서 있는 벽교상 옆에 있었으나 슬그머니 뒤로 물러났다.

은지화의 죽음으로 인해서 옥령은 누구보다도 큰 슬픔과 충격에 휩싸였다.

옥령은 은지화의 죽음이 자신의 탓이라고 여겼다. 또한 이 모든 것의 원인이 자신에게 있다고 자책하고 있다.

자신이 태무랑을 사랑하지 않았더라면, 그래서 그의 부인이 되어 곁에 머물지 않았으면 이런 일이 일어나지 않았을 것이라고 생각했다.

옥령은 은지화하고는 직접적인 친분이 없다. 하지만 그녀가 무령왕가에서 태무랑의 몸종 노릇을 하고 있을 때 은지화가 그곳에 손님으로 머물렀었기 때문에 그녀가 태무랑과 수월화에게 어떤 존재인지는 잘 알고 있다.

옥령은 요즘 하루하루가 꿈속에 있는 것처럼 행복했다. 그렇지만 그것은 마치 살얼음판 위를 살금살금 걷는 듯한 불안한 행복이다.

그래서 지금 같은 일이 벌어지면 그녀는 죄책감 때문에 어쩔 줄을 모른다. 이런 일들이 다 자신 때문이라고 생각하기 때문이다.

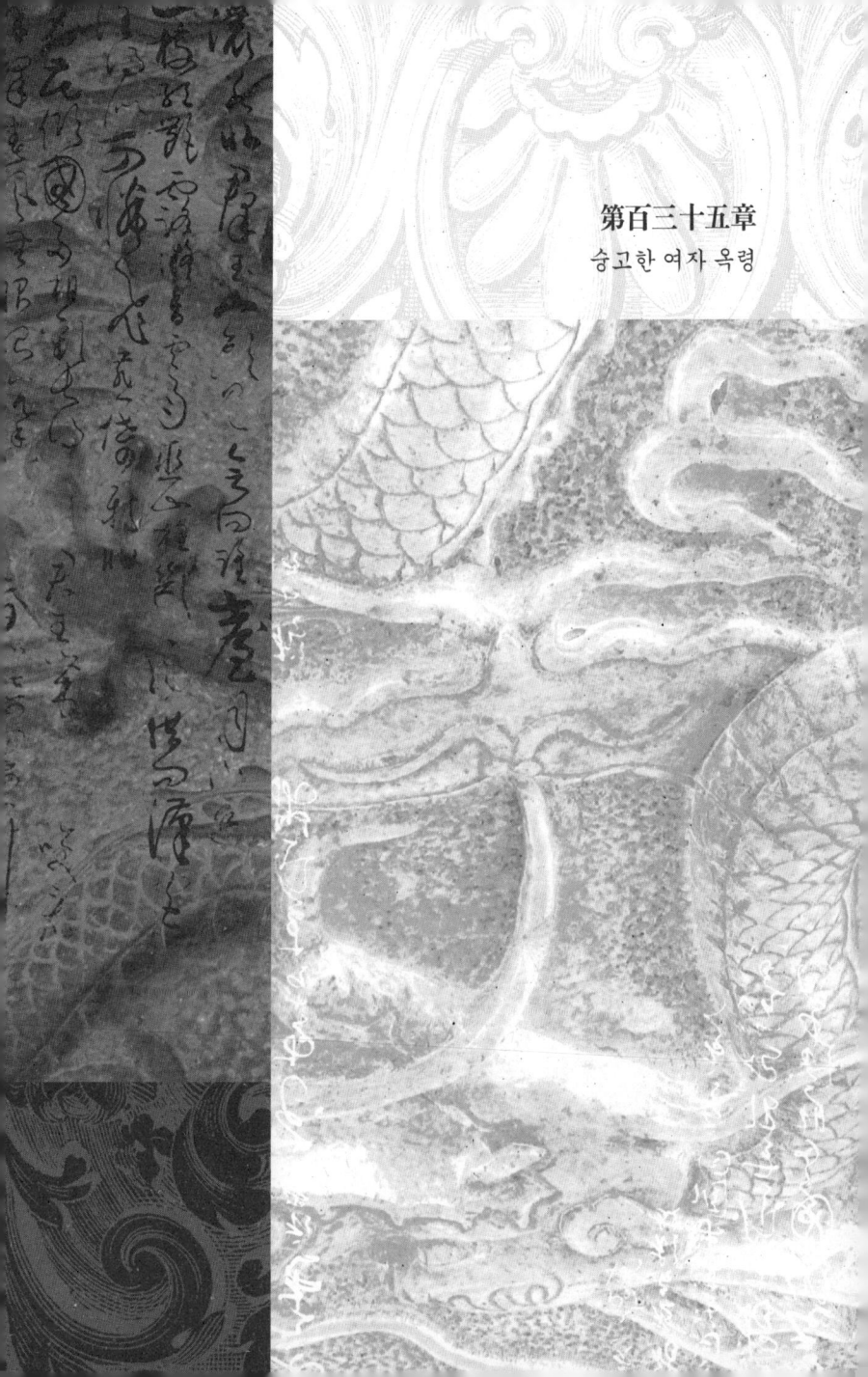

第百三十五章

숭고한 여자 옥령

어느 정도 정신을 수습한 태무랑은 은지화의 시신을 좀 더 세밀하게 살피기 위해서 옆방으로 장소를 옮겼다. 그리고 그녀를 철관에서 꺼내 깨끗한 침상에 눕혔다.

그가 중점을 두고 살피는 것은 혹시 은지화를 소생시킬 수 있을까 하는 작은 희망 때문이다.

하지만 그것이 불가능하다면 난유천이 이떤 방법으로 그녀를 죽였는지 알아보는 것이다. 또한 마지막으로 그녀를 한번 더 보고 깨끗한 옷을 입혀서 후하게 장사 지내주고 싶은 마음이다.

그녀를 살펴보기 위해서는 나신 상태를 유지하는 것이 불가피하다.

태무랑은 그녀의 나신을 많이 봤었기 때문에 눈을 감고 그림으로도 그릴 수 있을 정도다.

하지만 새삼 그녀를 눈앞에 두고 나신을 살펴보니 그의 네 명의 부인에 비해서 추호도 뒤지지 않는 아름다운 몸을 지니고 있었다는 사실을 발견했다.

은지화의 나신은 몸의 앞면에 젖가슴 한복판에서 단전에 이르기까지 세로로 새겨져 있는 글씨 외에는 마치 살아 있는 것처럼 깨끗했다.

당장에라도 일어나서 태무랑에게 반갑다고 특유의 상큼한 미소를 지을 것만 같았다.

태무랑의 옆에는 수월화와 벽교상, 옥령, 소아상 네 사람만 있다. 태무랑은 은지화의 나신을 많은 사람들이 보는 것을 원하지 않았다.

왈칵!

"태 형!"

태무랑이 은지화의 몸을 자세히 살피고 있을 때 방문이 거칠게 열리면서 비한이 달려들어 왔다.

그는 무령왕, 즉 정덕제 곁에 있다가 은지화의 시체가 배달됐다는 보고를 받고 급히 달려온 것이다.

태무랑은 비한에게 은지화의 죽음에 대해서 따로 설명할
필요가 없었다.

비한이 침상 가로 달려와서 은지화의 시신을 직접 눈으로
보는 것으로 충분했다.

그녀가 죽어서 한 구의 시신이 되었다는 것, 그리고 몸 앞
면에 새겨져 있는 글씨를 보는 것 외에 달리 무슨 설명이 필
요하겠는가.

"화 매!"

비한은 침상 가에 서서 은지화에게 달려들 듯 한 자세로 얼
굴을 일그러뜨렸다. 그의 두 눈에서는 금방이라도 불길이 뿜
어질 것 같았다.

비한과 은지화는 무령왕가 좌장거에 함께 묵으면서 매우
친해졌다.

그것을 수월화는 짐작하고 있었지만 태무랑은 전혀 눈치
채지 못했었다.

그런데 지금 비한의 행동과 그가 은지화를 '화 매'라고 부
르는 것을 보고 이제야 대충 짐작이 갔다.

미혼인 비한은 지금까지 그 어떤 여자에게도 마음을 열어
본 적이 없었다.

하지만 은지화는 예외였다. 그녀에게 고백하지는 않았으
나 그녀를 사랑하고 있었다. 하지만 그것을 알리기도 전에 그

녀는 죽었다.

"음! 단유천인가?"

잠시 후 비한은 돌처럼 굳은 표정으로 은지화에게 시선을 고정시킨 채 중얼거렸다.

"그렇네."

비한은 눈을 부릅뜨고 주먹을 부르르 떨다가 홱 몸을 돌려 저만치 걸어가서 뒤돌아선 채 우뚝 섰다.

비록 죽었다고는 하지만 은지화의 나신을 계속 보고 있을 수 없기 때문이다.

태무랑은 다시 은지화의 몸을 살폈다. 하지만 별다른 이상한 점을 발견하지 못하고 손을 뻗어 그녀의 심장 부위에 갖다 댔다. 사인을 알아내기 위해서다.

단지 그 행동만으로 그는 은지화의 몸 상태가 어떤지 즉시 알아냈다.

그녀는 단전, 즉 기해혈이 터졌다. 그리고 자궁이 갈가리 찢어진 상태다. 그것이 죽음의 직접적인 원인인 듯했다. 그러나 강기나 무기에 의한 것이 아니다.

문득 태무랑은 짚히는 것이 있어서 즉시 그녀의 다리를 약간 벌려보았다.

"아……."

그런데 은지화의 다리 쪽 침상 가에 서 있던 옥령이 놀라서 나직한 탄성을 흘렸다.

옥령은 은지화의 벌려진 허벅지 안쪽, 즉 옥문을 뚫어지게 주시하고 있었다.

은지화의 옥문은 피에 젖은 상태였다. 또한 깊숙한 곳의 음모(陰毛)에도 피가 묻었다. 게다가 핏빛이 감도는 옥문, 아니, 음순(陰脣)은 많이 부어 있었다.

옥령은 그것이 과격한 성교에 의한 흔적이라는 사실을 보는 즉시 알아차렸다. 그렇다. 은지화는 단유천에게 강간을 당했던 것이다.

태무랑과 수월화, 소아상은 은지화의 다리 쪽으로 이동해서 그녀의 옥문을 보고는 크게 놀라더니 곧 더할 수 없는 분노의 표정을 지었다.

비한은 탄성을 듣고 급히 침상 가로 다가왔다가 태무랑 등이 은지화의 옥문을 들여다보고 있는 것을 발견하고는 자신도 무심코 쳐다봤다가 안색이 홱 변해서 급히 고개를 돌려 외면했다.

얼핏 보기만 한 것으로도 끔찍함을 알 수 있었다. 그러나 차마 은지화의 옥문을 계속 보고 있을 수는 없었다.

태무랑은 단유천이 은지화를 강간하면서 음경을 그녀의 옥문에 삽입한 상태에서 자궁과 단전을 터뜨려서 죽였다는 사실을 깨달았다.

"으으… 이놈 단유천……!"

태무랑은 너무 분노해서 온몸을 부들부들 떨었다. 은지화
가 단유천에게 강간을 당하면서, 그리고 죽어가면서 어떤 심
정이었을 것인지 생각하니까 당장에라도 단유천을 잡아서 갈
가리 찢어죽이고 싶었다.

"아아… 너무 잔인해요. 화 매가 불쌍해서 어떻게 해
요……."

수월화는 그 자리에 주저앉아 두 손으로 얼굴을 가리고 오
열을 터뜨렸다.

태무랑 옆에 서 있는 벽교상은 눈물을 펑펑 쏟으면서 두 주
먹을 꼭 쥐고 부들부들 떨었다. 그녀는 너무 분노해서 미쳐
버릴 것만 같았다.

"으으… 단유천 이 개자식의 심장을 씹어 먹지 않고는 이
원한이 절대로 풀리지 않을 거야!"

침상 끄트머리에 서 있는 옥령은 아무 말도 하지 못하고 눈
물만 흘리고 있을 뿐이다.

그녀는 그저 모든 게 자신의 잘못이고 죄인 것만 같아서 은
지화의 옥문을 한 번 보고는 이후부터는 고개도 들지 못하고
있다.

태무랑은 한참 동안 묵묵히 서서 은지화를 굽어보며 분노
에 몸을 떨다가 이윽고 그녀의 몸을 뒤집어보았다.

무슨 다른 생각이 있어서가 아니라 혹시 모르고 있던 상처라도 있나 싶어서다.

극악무도한 단유천이 그녀를 강간했으니 무슨 짓인들 저지르지 않았겠는가.

그런데 은지화의 몸을 뒤집은 순간 태무랑은 그 자리에 돌덩이처럼 굳어버렸다.

그녀의 등에 세로로 새겨져 있는 두 줄의 글귀를 발견했기 때문이다. 그녀의 몸을 뒤집지 않으면 찾아낼 수 없었던 글이다.

나는 태화연과 연지라는 두 년을 데리고 있다. 열흘 이내에 옥령을 자금성 밖으로 내보내지 않으면 열흘째 되는 날 계집들을 죽여서 네놈에게 보내주겠다.

태무랑은 너무나 경악하고 분노하여 두 눈을 찢어질 듯이 부릅뜬 채 어금니를 악다물었다.

그 옆에서 소아상이 온몸을 사시나무 떨 듯이 떨면서 비명 같은 신음을 흘렸다.

"아아… 도대체 이게……."

그 바람에 주저앉아서 울고 있던 수월화와 은지화의 발치에 있던 옥령, 그리고 한쪽에 우두커니 서 있던 비한까지 모두 놀라서 다가왔다.

태무랑은 혹시 잘못 봤나 싶어서 눈을 깜빡이며 몇 번이나 다시 읽었다.

하지만 절대로 잘못 본 것이 아니다. 은지화의 등에는 분명히 태화연과 연지를 데리고 있다는 식의 글이 또렷하게 새겨져 있었다.

"아아……."

수월화는 갑자기 다리에 힘이 풀려서 쓰러지려는 것을 태무랑의 팔을 붙잡고 간신히 지탱하며 절망에 가까운 신음을 흘렸다.

태무랑은 하늘이 하얘졌다. 아니, 눈앞이 캄캄해졌다. 남경에 있는 태화연과 연지가 단유천에게 납치됐다니, 제발 누군가 그게 거짓말이라고 말해주기를 갈망했다.

하지만 이것은 명백한 현실이다. 은지화의 죽음에 태화연과 연지의 납치까지 가중된 이것은 변하지 않는 실제상황이 분명하다.

단유천은 만약 열흘 안에 옥령을 자금성에서 내보내지 않으면 태화연과 연지 두 사람을 죽여서 태무랑에게 보내겠다고 했다.

그것은 은지화와 같은 방법으로 강간을 해서 죽이겠다는 뜻이기도 하고 그보다 더 잔인하게 죽일 수도 있다는 협박일 수도 있다.

이 순간의 태무랑은 무엇을 어떻게 해야 할지 아무것도 생각나지 않았다.

지금과 같은 상황이 발생할지 추호도 예상하지 못했었기에 더욱 그랬다.

설마 단유천이 이처럼 악독한 방법까지 쓸 줄은 상상조차 하지 못했다.

태무랑은 엎어놓은 은지화의 나신 뒤에 새겨져 있는 글씨를 쏘아보면서 꼼짝도 하지 않았다. 이 순간 그는 정신과 몸의 기능이 완전히 마비된 것 같았다.

그러기는 네 명의 부인도 마찬가지다. 여북하면 비한마저도 가까이 다가와서 은지화 등에 새겨진 글을 보며 안색이 돌덩이처럼 굳어 있었다.

*　　　　*　　　　*

실내에는 침묵만이 자욱하게 흐르고 있었다.

단유천이 은지화의 시체를 철관에 담아서 태무랑에게 보낸 지 오늘로써 구 일째다.

단유천이 제시한 열흘의 기한이 하루밖에 남지 않았다. 내일이면 태화연과 연지의 시체가 자금성으로 보내질지도 모른다.

아니, 아마 틀림없이 그렇게 될 것이다. 단유천은 거짓 협박을 하지 않았을 것이다.

그런데도 태무랑을 비롯한 측근들은 아직까지 아무런 대책도 세우지 못하고 있는 실정이었다.

실내에는 태무랑과 그의 측근들이 한 명도 빠짐없이 모여 있었다.

심지어 소천군과 무령왕, 아니, 정덕제까지 찾아와서 끝없이 가라앉고 있는 슬픔과 절망에 동참했다.

그렇지만 많은 사람들이 모여 있으나 딱히 뭐라고 말을 하는 사람이 없었다.

여기저기에서 가끔씩 땅이 꺼질 듯 한숨만 푹푹 토해내는 소리가 들릴 뿐이다.

단유천의 협박 이후 태무랑은 할 수 있는 모든 방법을 다 동원해서 태화연과 연지를 찾으려고 했다.

정덕제와 소천군은 군사들과 무적신룡맹 고수들을 모조리 동원하다시피 하여 짐작이 가는 곳들을 수색했으나 아무런 소득도 없었다. 애초부터 그런 식으로 단유천을 찾아낸다는 것은 무리였다.

태무랑은 하루 종일 거의 한마디도 하지 않고 굳은 표정으로 골똘히 깊은 생각에만 잠겨 있다.

그가 입을 닫고 있기 때문에 부인들도 마찬가지다. 하지만 그녀들은 그의 주위에 꼭 붙어 앉아서 한시도 곁을 떠나지 않았다.

단지 옥령만 보이지 않았다. 그녀는 단유천의 협박이 있었던 그날부터 시름시름 앓고 있다.

그래서 옆방 침상에 누워 쉬는 중이다. 그것은 태무랑의 배려이기도 하다.

그는 옥령이 여러 사람 앞에서 괴로워할까 봐 따로 있게 한 것이다.

태무랑은 후회라는 것을 하지 않는 성격이지만, 태화연과 연지를 남경에 남겨두고 온 것에 대해서는 두고두고 후회가 됐다.

아니, 이곳의 일이 웬만큼 정리됐을 때 그녀들을 데리고 왔으면 이런 일은 일어나지 않았을 것이다. 하지만 이제 와서 후회해 봤자 사후약방문일 뿐이다.

그는 측근들의 안전 때문에 직접 밖으로 나가서 태화연과 연지를 찾을 수 있는 상황도 아니다.

만약 그가 감정을 이기지 못하고 밖으로 뛰쳐나간다면 아마도 더 큰 불상사가 야기될 것이다.

어쩌면 단유천은 그것을 노리고 있을지도 모른다. 아니, 필경 그럴 것이다. 태무랑이 크게 흔들려서 우왕좌왕할 때 급습을 시도할 수도 있다. 단유천의 선제공격은 보기 좋게 성공했다.

모르긴 해도 단유천은 이미 자금성에 셀 수 없을 정도로 들락거리면서 기회를 엿보고 있을 것이다.

태무랑은 지난 구 일 동안 머릿속으로 수많은 방법과 계획을 세웠다가 없애기를 반복했었다.

사실 방법은 간단할 수도 있다. 단유천이 원하는 대로 옥령을 자금성에서 내보내기만 하면 된다.

그러나 그렇게 해서도 단유천이 태화연과 연지를 돌려보내지 않으면 아무런 소용이 없다.

단유천은 옥령을 내보내면 태화연과 연지를 돌려보내 주겠다고 약속한 적이 없다.

그는 일방적으로 옥령만을 원했다. 그녀를 보내지 않으면 태화연과 연지를 죽이겠다고 했다.

아니, 설혹 그녀들을 보내주겠다고 약속을 했다고 했어도 그것을 지킬 단유천이 아니다.

그리고 더 중요한 것은 태무랑이 옥령을 내보낼 마음이 추호도 없다는 사실이다.

태무랑은 옥령을 사랑한다. 그리고 옥령은 그보다 훨씬 더 그를 사랑하고 있다.

그런 그녀를 버릴 수는 없다. 그가 살아서 숨을 쉬고 있는 한 그런 일은 없을 것이다.

아니, 설사 사랑하는 관계가 아니라고 해도 측근 중에 누군가를 악마의 아가리 속에 던져줄 수는 없는 것이다.

모르긴 해도 만약 옥령을 단유천에게 주면 그다음에는 더 큰 것을 요구할 터이다. 그것으로 포기하고 조용히 물러갈 단유천이 아니다.

여전히 태화연과 연지가 볼모가 될 수도 있고, 다른 짓으로 협박할 수도 있다.

그때 벽교상이 조심스럽게 태무랑의 팔을 붙잡아 가슴에 안으며 조용한 목소리로 물었다.

"술 한잔하시겠어요?"

태무랑은 표정도 뭣도 없는 절대무심한 얼굴로 물끄러미 그녀를 쳐다보기만 할 뿐이다.

그가 아무런 대답이 없자 근처에 있던 미료가 재빨리 문으로 향했다.

"제가 다녀오겠어요."

태무랑은 많이 취했다. 공력이니 전원신기 같은 것을 일체 사용하지 않고 그저 순수하게 한 인간의 몸으로만 술을 마셨기 때문이다.

일단 술이 들어가자 그는 계속 술을 마셨고, 그럴수록 더 괴로워서 퍼붓듯이 술을 마셨다.

결국 그는 만취해서 자신의 방 침상에 누워 깊은 잠에 빠져들었다.

지난 구 일 동안 거의 한숨도 자지 못한 그는 술의 힘을 빌려서 비로소 잠이 들었다.

그가 잠든 옆에는 수월화와 소아상이 그의 품에 안긴 채 잠들어 있다.

태무랑은 비록 술의 힘을 빌렸지만 오랜만에 마음 편하게 깊이 잠들었다.

정덕제의 명령으로 불사동녀 오천 명 전원이 태무랑의 거처 주위를 물샐틈없이 호위하는 중이다.

정덕제는 태무랑을 위해서라면 자신이 위험에 처하는 것쯤은 추호도 개의치 않았다.

또한 소천군을 비롯한 무적신룡맹의 열아홉 명의 대주가 전각 안팎을 삼엄하게 지키고 있다.

그런데 태무랑의 침상에서 벽교상이 보이지 않았다. 사실 태무랑이 술을 마실 때 옆에서 수월화와 소아상도 함께 마셨으나 벽교상은 한 모금도 마시지 않았다. 그녀에겐 다른 계획이 있었던 것이다.

태무랑이 잠들어 있는 옆방에는 두 사람, 아니, 두 여자가 탁자에 마주 앉아 있다.

벽교상과 옥령이다. 혼자 방에 있는 옥령을 벽교상이 조용히 찾아온 것이다.

사실 벽교상이 태무랑에게 술을 권하고 또 그가 취하도록 만든 것은 순전히 의도적이었다.

어떤 계획이 있기 때문이다. 그녀는 그 계획을 실행에 옮기기 위해서 태무랑이 술에 취해 잠들기를 기다렸다가 옥령을 찾아왔다.

그녀는 한동안 말이 없다가 이윽고 차분한 표정으로 옥령을 바라보며 전음을 보냈다.

[령 매, 무랑가는 잠들었어.]

지난 구 일 동안 옥령은 알아보지 못할 정도로 수척한 모습이 되었다.

음식은커녕 물 한 모금 제대로 삼키지 못했다. 그만큼 마음고생이 심했다는 뜻이다.

벽교상의 말에 옥령은 알아들었다는 듯 보일 듯 말 듯 고개를 끄덕였다.

그렇게 말해놓고서 벽교상은 한동안 옥령을 바라보기만 할 뿐 아무 말도 하지 않았다. 아니, 하지 못했다. 무슨 말을 해야 할지 모르기 때문이다.

지금 벽교상은 무언중에 옥령에게 엄청난 희생을 요구하

고 있다.

그 때문에 가슴이 미어졌다. 두 여자는 사전에 어떤 계획을 짜지도 않았고 말을 나누지도 않았으나 서로의 마음을 충분히 읽었다.

하지만 벽교상은 말을 해야 한다는 사실을 알고 있다. 태무랑이 술에 취해 깊이 잠들어서 경계가 느슨해지는 경우는 두 번 다시 찾아오지 않을 기회이기 때문이다.

[령 매…….]

슥─

벽교상이 바싹 마른 입술을 축이고 막 입을 열려고 하는데 옥령이 손을 뻗어 그녀의 두 손을 가만히 잡고 희미한 미소를 지었다.

[상 매, 아무 말도 하지 마.]

벽교상은 옥령이 온화하게 미소 짓자 가슴이 울컥하며 금세 눈시울이 붉어졌다.

[령 매…….]

[상 매, 나는 내가 할 수 있는 일을 할 거야.]

옥령의 잔잔한 말에 벽교상은 마침내 왈칵 눈물을 쏟으며 바들바들 몸을 떨었다.

[령 매… 부디 나를 원망해. 내가 죽일 년이야… 내 마음 알지? 이 일을 만약 내가 할 수 있었으면 나는 추호도 망설이지

않았을 거야.]

[알고 있어.]

옥령은 미소 지으며 고개를 끄덕였다. 벽교상의 말이 그녀에게 힘과 용기를 주었다.

옥령은 일어나서 벽교상에게 다가가 그녀의 머리를 자신의 가슴에 가만히 안았다.

[오래전에 그분 손에 죽었어야 할 내가 오히려 그분에게 넘치는 사랑을 받고 이날까지 살아왔다는 사실이 믿어지지 않을 만큼 행복해.]

벽교상은 아무 말도 하지 못하고 두 팔로 옥령을 안고 그녀의 가슴을 흠뻑 적시기만 했다.

옥령은 벽교상의 머리를 부드럽게 쓰다듬었다.

[나는 아무것도 두렵지 않아. 죽는 것도… 그분 곁을 떠나는 것도…….]

이어서 옥령은 벽교상을 가만히 놔주었다.

벽교상은 두 손으로 얼굴을 가리고 흐느꼈다.

[흐흐흑. 령 매…….]

울음소리가 새어나갈까 봐 마음껏 큰소리로 울지도 못했다.

그녀는 제 슬픔에 겨워 한참을 울다가 뚝 멈추었다. 옥령이 아무 말도 없기 때문이다.

불안한 표정으로 조심스럽게 고개를 든 그녀는 실내에 옥령이 없다는 사실을 깨닫고 심장이 조각나는 듯한 슬픔이 엄습했다.

[아아… 령 매… 내가 너를 죽이는 거야, 내가…….]

그녀는 탁자에 엎드려 미친 듯이 몸부림쳤다.

자정이 훨씬 넘은 한밤중에 옥령은 한 마리 야조처럼 높은 밤하늘을 날아서 자금성을 빠져나왔다.

자금성 둘레를 흐르고 있는 넓은 해자를 단숨에 건넌 그녀는 아무도 없는 텅 빈 거리에 자금성을 향해 오도카니 멈춰 섰다.

이어서 그녀는 자금성을 향해, 아니, 자금성에 있는 태무랑을 향해 큰절을 올렸다.

한 번도 그에게 절을 한 적이 없지만, 정성을 다해서 이승에서 지아비에게 올리는 처음이자 마지막 절을 올렸다. 그리고 만감이 교차했다.

한참 엎드려 있던 그녀는 주체할 길 없이 흐르는 눈물을 닦고 일어났다.

엎드려 있으니까 태무랑이 너무도 그리웠고, 그의 곁을 떠나고 싶지 않다는 마음이 솟구쳤다. 그래서 그녀는 독한 마음을 먹고 자금성에 눈길을 한 번 주고는 거리를 따라 걷기 시작했다.

그녀는 무슨 일이 있어도 단유천이 태화연과 연지를 태무랑에게 보내도록 할 각오를 품고 있다.

그리고 그녀는 자신의 목숨을 바쳐서 단유천과 동귀어진할 생각이다.

결자해지(結者解之)라고 했다. 매듭을 묶은 자가 매듭을 풀어야만 한다.

애초에 그녀와 단유천이 태무랑과의 악연의 매듭을 묶었으므로 마지막에 두 사람이 풀어야 하는 것이다. 단유천이 묶었다면 옥령이 풀어야 한다.

그녀는 단유천을 죽이기 위해서라면 무슨 짓이라도 서슴지 않고 할 생각이다.

그녀는 단유천이 나타나지 않으면 어떻게 할까 하는 걱정 따윈 하지 않았다.

단지 자신이 그를 속이지 못하면 일을 그르치고 만다는 걱정만이 머릿속에 가득 차 있었다.

행인이라곤 한 명도 없고, 불빛마저 없는 캄캄한 거리를 옥령은 일각 정노 규칙적인 걸음으로 걸었다.

그때까지도 단유천이 나타나지 않자 이윽고 옥령은 조금씩 걱정이 되기 시작했다.

원래 '변고'라는 것은 예상하지 않았을 때 일어나는 법이다. 예상을 했다면 그것은 '변고'가 아니다. 말 그대로 '예상'인 것이다.

옥령은 자신이 자금성을 나서면 금세 단유천이 나타날 것이라고 예상했다.

그렇기 때문에 이렇게 오랫동안 그가 나타나지 않자 조금씩 초조해지기 시작했다.

그래서 그가 끝내 나타나지 않으면 그다음에는 어떻게 해야 하는지를 생각해 보았다.

하지만 아무리 생각해도 답이 나오지 않았다. 이런 상태로는 태무랑에게 돌아갈 수도 없다.

그렇다고 해서 자금성을 떠나 아무 데나 무작정 돌아다닐 수는 더욱 없는 일이다.

점차 초조해졌다. 머리가 복잡해지고 가슴이 답답해져서 그녀도 모르게 걸음이 조금씩 느려졌다.

"……!"

그때 그녀는 혼비백산하도록 놀랐다. 언제 나타났는지 열 걸음쯤 앞에 단유천이 장승처럼 우뚝 서 있는 모습을 발견했기 때문이다.

그녀는 그가 나타나는 것을 보지도 느끼지도 못했다. 아니면 원래부터 저기에 서 있었는데 그녀가 복잡한 생각을 하느라 발견하지 못한 것인지도 모른다.

하지만 그게 문제가 아니다. 그녀는 자신이 단유천을 발견하는 순간 너무 지나치게 놀라는 표정을 지은 것이 아닌가라는 사실에 신경이 쓰였다.

그녀가 놀라는 모습을 보여서는 안 된다. 아니, 어쩌면 약간 놀라는 표정 정도는 괜찮을지도 모른다.

그렇다고 반가워하며 쪼르르 달려가는 것도 안 된다. 적절한 것이 좋다, 목적을 위해서는.

그러는 중에도 옥령은 단유천을 향해 걸어가고 있었다. 두 사람의 거리는 점점 가까워졌다. 그녀는 여태껏 수많은 생각을 했었으나 단유천을 보는 순간 머릿속이 새하얗게 되면서 텅 비어버렸다.

단유천은 엷게 미소 지으면서 그녀를 바라보고 있었다. 억지스럽지 않은 매우 자연스러운 미소였다. 옛날 무극신련 총련에서의 바로 그 모습이었다.

그는 옥령이 예전에 남경에서 봤을 때하고는 또 다른 모습을 하고 있다.

그때는 뭔가 어수선하고 초조한 모습이었는데, 지금은 매우 여유있고 자연스러운 모습이다.

그것을 굳이 설명하자면 세속을 초탈한 듯한 느낌이라고 할 수 있다.

초마령에 이르러 악마가 됐다고 들었는데 세속을 초탈한

모습이라니 어불성설이라는 생각이 문득 들었다.

옥령은 자신도 느끼지 못하는 사이에 어느새 단유천의 두 걸음 앞까지 이르렀다.

다섯 걸음 정도에서 멈추는 것이 적당할 텐데, 생각했던 것보다 너무 가깝게 다가갔다.

태무랑은 단유천이 사부 화명군을 죽이고 초마령의 경지에 이르렀을 것이라고 추측했다. 그리고 그 추측에 옥령도 전적으로 동감했다.

옥령이 걸음을 멈췄을 때는 단유천과의 거리가 한 걸음으로 좁혀져 있었다.

그녀가 급히 멈추지 않았으면 몸이 닿을 뻔했다. 그리되면 우스운 상황이 벌어졌을 것이다.

그녀의 가슴은 심하게 두근거렸다. 그리고 누가 보더라도 이상할 만큼 안색이 창백했다. 하지만 그녀는 자신의 표정에 신경을 쓸 정도로 침착하지 못했다. 이것은 예상하지 못했던 일이다.

"오랜만이로군, 사매."

그때 단유천이 빙그레 친근한 미소를 지으면서 먼저 입을 열었다. 마치 어제 헤어졌다가 오늘 다시 만난 것처럼 자연스러운 모습이다.

그의 목소리를 듣는 순간 신기하게도 옥령은 마음이 차분해졌다. 복수심 때문이다.

*   *   *

짜악!

"악!"

태무랑의 커다란 손바닥이 뺨을 후려갈기자 벽교상은 얼굴이 부서지는 충격을 받으며 지푸라기처럼 허공으로 날아가 나뒹굴었다.

그리고는 그녀는 일어나지 못했다. 그 한 대로 턱과 광대뼈가 부서져서 그대로 혼절해 버렸다.

태무랑은 분노했다. 측근들은 그가 화명군이나 단유천 때문이 아니라 측근 중의 누군가 때문에 이처럼 화를 내는 것을 처음 보았다.

하지만 모두들 그가 불같이 화를 내는 것이 당연하다고 생각했다.

아니, 부인들은 물론이고 미료나 한천궁주마저도 그가 화내는 것을 오히려 고마워했다.

언젠가 무슨 일이 생긴다면, 사라져 버리는 것이 수월화가 될 수도 있고 미료나 한천궁주일 수도 있기 때문이다. 그때 태무랑이 저렇게 화를 내준다면 그녀들은 죽어서도 감격에 겨울 것이다.

태무랑의 일그러진 무서운 얼굴이 수월화에게 향했다.

"령 매, 너는 알고 있었느냐?"

수월화는 크게 흔들리는 눈빛으로 태무랑을 바라보다가 잠시 후 고개를 숙이며 떨리는 목소리로 대답했다.

"네."

하지만 그녀는 벽교상과 옥령의 계획을 추호도 모르고 있었다.

태무랑의 눈이 부릅떠졌다.

"설마… 네가 시켰느냐?"

수월화는 목소리뿐만 아니라 가녀린 몸마저도 바들바들 떨었다.

"네……."

그녀는 이렇게 해서라도 벽교상을 보호하고 싶었다. 그녀가 해줄 수 있는 유일한 일이다.

수월화의 표정은 더없이 슬퍼 보였다. 태무랑에게서 불호령이 떨어질 것이 두려워서가 아니라, 필경 자신의 대답 때문에 그의 가슴이 문드러지도록 아플 것이기 때문이다.

"네가 어찌 옥령을……."

염려했던 대로 태무랑은 분노 때문이 아니라 배신감과 슬픔에 못 이겨서 이제는 수월화마저도 때리려고 손을 번쩍 쳐들었다.

수월화는 눈을 꼭 감았다. 그 역시 두려워서가 아니라 태무랑의 슬퍼하는 모습을 차마 볼 수 없기 때문이다.

"안 돼요!"

순간 수월화의 옆에서 오들오들 떨고 있던 소아상이 갑자기 그녀의 앞을 가로막고 두 팔을 활짝 벌리며 찢어질 듯이 소리쳤다.

막 내리치던 태무랑은 손을 뚝 멈췄다. 그의 손바닥은 소아상의 뺨 한 뼘 거리에 멈춰 있었다.

소아상은 두 눈을 동그랗게 뜨고 눈물을 철철 흘리면서 태무랑을 바라보았다.

"그러면 안 돼요… 큰언니를 때리시면 안 돼요……."

태무랑은 한동안 소아상을 쏘아보다가 휙 몸을 돌려 쓰러져 있는 벽교상에게 다가갔다.

이어서 한 손으로 그녀의 뒷덜미를 움켜잡고 번쩍 들고는 밖으로 나가 버렸다.

第百三十六章
악마의 품속으로

실내에는 태무랑과 벽교상 둘뿐이다.

혼절한 벽교상은 침상에 반듯하게 누워 있고 태무랑은 침상 가에 걸터앉아서 더없이 착잡한 표정으로 그녀를 굽어보고 있다.

벽교상의 왼쪽 얼굴은 벌겋게 부어올라 있었다. 태무랑이 살살 때렸는데도 그 지경이 되었다.

그녀는 여전히 혼절에서 깨어나지 못하고 있었다. 그런데 그녀의 뺨에 눈물이 흘러 있었다.

아마도 꿈을 꾸는 듯했다. 꿈속에서 옥령을 만나 부둥켜안고 우는 모양이다.

　아까보다는 마음이 가라앉은 태무량은 이 일을 수월화가 꾸미지 않았을 것이라고, 단지 벽교상을 두둔하느라 그랬을 것이라고 짐작했다.

　그가 알고 있는 수월화는 그런 짓을 저지를 여자가 아니기 때문이다.

　그는 벽교상이 왜 그랬는지 짐작할 수 있다. 옥령이 단유천에게 가는 것 말고는 방법이 없다는 것을 그녀도 잘 알고 있는 것이다.

　그래도 그러면 안 된다. 그렇게 하는 것밖에는 방법이 없다고 하더라도, 그래서는 안 되는 것이다.

　더구나 태무량의 부인들은 친자매보다 더 절친한 사이다. 그런데 벽교상이 옥령의 등을 떠밀었다. 사지보다 더 극악한 곳으로 떠민 것이다.

　아니, 옥령은 스스로 단유천에게 가려고 했을 것이다. 단지 기회가 없었을 뿐인데, 그 기회를 벽교상이 태무량에게 술을 먹여서 만들어준 것이다. 태무량은 그것까지도 짐작할 수 있었다.

　만약 옥령이 가지 않았다면, 태화연과 연지는 돌아오지 못할 터이다.

　아니, 옥령이 가더라도 단유천은 태화연과 연지를 돌려보

내지 않을 가능성이 더 크다. 하지만 옥령은 일말의 희망을
품고 제 발로 단유천에게 갔다.

태무랑은 옥령이 단유천에게 가서 어떤 행동을 할 것인지
도 짐작할 수 있다.

그녀는 무슨 일이 있어도 태화연과 연지를 구하고 단유천
과 동귀어진하려고 할 것이다. 그렇게 생각하니 가슴이 미어
지는 것만 같았다.

"후우……."

태무랑은 너무도 답답한 마음에 자신도 모르게 나직한 한
숨을 토해냈다.

이어서 손을 뻗어 벽교상의 뺨을 어루만졌다. 그러자 그녀
의 퉁퉁 부어올랐던 한쪽 얼굴이 가라앉으면서 동시에 부서
졌던 뼈가 말끔하게 붙었다.

그리고 벽교상은 혼절에서 깨어났다. 더불어 꿈에서 깨어
나며 갑자기 번쩍 눈을 뜨며 외쳤다.

"령 매!"

그녀는 옥령의 꿈을 꾸고 있었던 것이 분명했다.

그러나 그녀는 태무랑이 물끄러미 자신을 굽어보고 있는
것을 발견하고 깜짝 놀랐다.

태무랑은 눈살을 찌푸린 채 묵묵히 그녀를 쏘아보았다.

슥―

벽교상은 손을 뻗어 태무랑의 뺨을 만지면서 쓸쓸한 미소를 지었다.

"잘못했다는 것 아니까 그렇게 화내지 말아요."

"너……."

태무랑이 눈을 부릅뜨자 벽교상은 두 팔을 뻗어 그의 목에 감고 잡아당겨서 상체를 일으켰다.

그리고는 그의 입술에 자신의 입술을 부드럽게 비비며 촉촉한 목소리로 속삭였다.

"우리 이제 령 매에게 가요."

태무랑은 그녀가 아직도 꿈결에 헛소리를 한다고 생각했다. 옥령에게 갈 방법 같은 것이 있을 리가 없다.

"상아."

벽교상은 눈을 반짝이며 그의 말을 막았다.

"소녀가 령 매 모르게 그녀의 몸속에 고독(蠱毒) 한 마리를 심어놨어요."

"……."

태무랑은 '고독'이 무엇인지 어렴풋이 알고 있다. 누군가를 마음대로 조종하기 위해서 사람의 몸속에 집어넣는 작은 벌레라는 정도로만 알 뿐이다.

벽교상은 품속에서 붉은색의 작은 상자를 꺼내 조심스럽게 뚜껑을 열었다.

그곳에는 새끼손톱 반의반 크기의 피처럼 붉은 벌레 두 마리가 꼬물거리고 있었다.

깊은 절망에 빠져 있던 태무랑은 '고독'을 옥령에게 심었다는 말에 생기를 찾은 얼굴로 붉은 벌레를 가리키며 다급하게 물었다.

"어떻게 하는 것이냐?"

"고독끼리는 서로 연결되어 있어요. 그러니까 우리가 이 고독을 한 마리씩 복용하면 설사 령 매가 지옥에 있다고 해도 우리를 그곳으로 안내할 거예요."

벽교상의 말이 끝나자마자 태무랑은 상자 속에서 벌레, 즉 고독 한 마리를 집어 말릴 틈도 없이 입안에 넣고는 꿀꺽 삼켜 버렸다.

그걸 보고 벽교상도 남은 한 마리를 집어 자신의 입에 털어 넣고는 발딱 일어섰다.

"가요."

태무랑은 막 문 쪽으로 쏘아가다가 뚝 멈추고 그녀를 돌아보았다.

벽교상은 그의 의중을 눈치채고는 자신의 배를 가리키며 단호한 표정으로 외쳤다.

"만에 하나 소녀를 두고 가신다면 뱃속의 고독을 죽여 버릴 거예요. 세 마리 고독 중에서 한 마리라도 죽으면 나머지

고독들도 따라서 죽기 때문에 영험이 사라진다는 사실을 명심하세요."

"정말이냐?"

태무랑이 쏘는 듯한 눈빛으로 중얼거리듯 물었다. 믿지 못하겠다는 표정이다.

"그럼 소녀가 이런 상황에 거짓말을 하겠어요?"

벽교상은 보란 듯이 가슴을 내밀었다.

태무랑은 어쩔 수 없다는 듯 문 쪽으로 몸을 돌렸다.

"가자."

급히 뒤따르는 벽교상은 혀를 낼름 내밀었다. 그런데 가슴을 바늘로 찌르는 듯한 느낌을 받았다. 태무랑에게 처음으로 거짓말을 했기 때문이다.

*　　　*　　　*

한 폭의 풍경화처럼 더없이 아름다운 언덕 위에 한 채의 아담한 장원이 위치해 있다.

장원 앞쪽 언덕 아래에는 강물이 유유히 흘러가고, 장원 뒤쪽 야트막한 산에는 숲이 우거져 있어서 누구라도 살고 싶어 하는 그런 아름다운 곳이다.

보름 전까지만 해도 이 장원에서는 삼대(三代) 열두 명의 가족과 이십여 명의 하인, 하녀, 숙수들이 오붓하게 살아가고 있었다.

하지만 지금 그들 대부분은 죽어서 뒷산 숲 속에서 썩어가며 짐승과 벌레들의 먹이가 되고 있다.

옥령은 긴 얘기를 끝내고 호흡을 가다듬은 후에 물끄러미 단유천을 바라보았다.

그는 탁자 맞은편에 앉아서 일정한 간격으로 술을 마시면서 옥령의 얘기를 다 들었다.

옥령이 자금성을 나와 단유천을 만난 후에 그를 따라서 이곳에 온 지 하룻밤이 지났을 뿐이다. 시간으로 계산하면 다섯 시진 정도에 불과했다.

단유천은 이곳에 오면서 옥령을 혼절시키지도 않았고 눈을 가리지도 않았다. 그것은 그가 그만큼 자신감이 있다는 뜻일 것이다.

그래서 그녀는 이곳이 북경에서 남쪽으로 백여 리 정도밖에 떨어지지 않은 대청하(大淸河) 강변이라는 사실을 알게 되었다.

단유천은 예전 자금성에서처럼 옥령을 거칠게도, 그리고 차갑게 대하지도 않았다.

오히려 담담한 표정으로 이따금 부드러운 미소마저 지으

며 그녀를 편하게 해주려고 노력하는 모습이 역력했다.

단유천은 비로소 옥령의 소중함에 눈을 뜬 것이다. 그녀가 자신에게 얼마나 소중한 존재인지, 그녀가 없으면 자신도 존재할 수 없다는 사실을 깨달았다.

그녀가 없는 절절히 고독한 삶을 동해군영에서 뼈저리게 살아봤었기 때문이다.

그러나 사실 옥령은 그의 그런 행동이 더 불편했다. 예전처럼 단유천이 강압적이고 거칠게 굴었다면 마음이 편했을 것이다. 역설적이지만 그게 현실이다.

쪼르르.

단유천은 묵묵히 옥령 앞에 놓인 잔에 술을 따라주었다.

예전에 옥령은 술을 잘 마시지 못했지만 태무량의 부인이 된 이후부터는 잘 마시게 되었다.

그녀는 그동안 어떻게 지냈느냐고 묻는 단유천의 질문에 대해서 설명하는 동안 거의 반병의 술을 마셨다. 하지만 조금도 취하지 않았다.

그녀는 자신과 태무량, 그리고 그 측근들과 지내왔던 일들을 담담하게 남의 이야기하듯이 설명했다.

처음에 태무량이 단유천으로 변신해서 접근하여 옥령의 순결을 뺏었다는 얘기부터 시작했다.

그 부분에서 단유천은 눈빛이 잠시 무섭게 변했으나 곧 담담한 표정으로 계속 들었다. 충분히 예상했었던 일이기 때문일 것이다.

옥령은 거의 사실대로 설명해 주었다. 단유천이 알고 있는 사실도 있고, 짐작하고 있는 바도 있으므로 거짓말을 해서 그를 속이고 싶지는 않았다.

아니, 그녀는 단유천이 이해를 하고 또 용서를 해준다는 것을 전제로 이야기를 해주었다.

그가 그러지 못한다면 처음부터 어긋나 버리는 것이다. 얘기해 줄 필요도 없다.

옥령은 자신이 태무랑에게 순결을 빼앗겼기 때문에 그를 따를 수밖에 없었으며, 나중에는 마음으로부터 그를 사랑하게 됐었다고 고백했다.

하지만 태무랑에게는 옥령 외에도 부인이 네 명이나 더 있다는 사실을 빼놓지 않았다.

그래서 그녀들은 옥령의 과거 신분과 그녀가 태무랑을 괴롭혔었다는 사실을 알기 때문에 고운 눈으로 보지 않았으며, 걸핏하면 트집을 잡아 괴롭혔다고 말했다.

또한 태무랑은 옥령을 사랑하는 것이 아니라 과거의 일로 복수를 하기 위해서 그녀를 부인으로 거두었으며, 실상 그는 다른 네 명의 부인과 그녀를 크게 차별했다. 다른 것은 다 참을 수 있어도 그것만은 견딜 수가 없어서 매일 눈물로 보냈다고 설명했다.

그리고 얼마 전에 은지화의 시체에 적힌 글을 읽고 이제는 태무랑 곁을 떠나야 할 때가 왔다고 판단하여, 그가 술에 취해서 잠든 틈을 타서 자금성을 나온 것이라고 긴 설명의 끝을 맺었다.

그녀는 처음부터 사실대로 말했기 때문에 단유천이 믿어줄 것이라고 생각했다.

옥령이 술잔을 입에 대고 한 모금 마시려고 할 때 단유천이 조용한 목소리로 물었다.

"어떻게 하려고 자금성을 나온 거지?"

옥령은 생각할 것도 없다는 듯 대답했다.

"사형이 저를 찾아낼 것이라고 생각했어요."

그 대답이면 충분했다.

단유천은 고개를 끄덕였다.

"그랬군."

옥령은 술을 마시는 척하면서 단유천의 표정을 살폈다. 그러나 그가 너무 태연한 모습이어서 무슨 생각을 하는지 종잡기가 어려웠다.

그녀는 단유천과 동귀어진을 할 모진 각오를 품고 자금성을 나섰다.

하지만 그는 초마령에 도달하여 이미 인간의 영역을 한참 벗어난 자다.

그것은 옥령이 그와 함께 죽겠다는 각오만으로는 절대 그를 죽이지 못할 것이라는 의미다.

그러므로 그녀 나름대로 치밀한 계획이 있어야 하고 절호의 기회가 주어져야만 할 것이다. 그 기회를 만들기 위해서 그녀는 절치부심하고 있는 것이다.

지금 그녀는 태화연과 연지가 이곳 장원에 있는지 아니면 어디에 있는지 그게 제일 궁금했다.

만에 하나 단유천은 이미 그녀들을 죽였을 수도 있다. 은지화를 보면 그렇게 짐작하는 것도 무리가 아니다.

그녀들을 죽여놓고서 일을 벌였을 가능성을 전혀 배제할 수가 없다.

하지만 옥령은 차마 거기까지는 생각하지 않았다. 그녀의 계획은 태화연과 연지가 살아 있을 것이라는 전제하에 가능하기 때문이다.

그것을 단유천에게 대놓고 묻지는 못한다. 아니, 그런 눈치도 보여서는 안 된다.

지금은 그저 단유천이 그립고 옛정을 못 잊어서 찾아온 옛 연인으로 보여야 하는 것이다.

단유천은 부드럽게 미소 지으며 고개를 끄덕였다.

"잘 왔다. 보고 싶었다, 사매."

그것은 그의 진심이다. 그는 자신과 옥령이 요철(凹凸)이라
고 생각한다.

요철은 어느 것 하나만으로는 불완전하다. 두 개가 합쳐져
야만 비로소 완전할 수 있는 것이다.

그래서 단유천은 옥령이 태무랑과 무슨 일이 있었든, 그녀
가 아직까지도 그를 사랑하고 있어도 단지 그녀가 돌아왔다
는 사실만으로 기뻐하고 있다.

모든 것을 다 용서할 수 있다. 설혹 그녀가 자신을 죽이려
는 독한 마음을 품고 왔더라도 말이다.

그가 품고 있었던 두 가지 소망 중에 하나는 이루었다. 이
제 태무랑만 죽이면 된다.

그것까지 달성하면 그는 옥령을 데리고 아무도 모르는 곳
에 은거할 생각이다.

그녀가 어떤 마음을 품고 있든 아직도 태무랑을 사랑하고
있든 그런 것은 개의치 않는다.

중요한 것은 그녀가 단유천 자신의 곁으로 돌아왔다는 사
실이고, 앞으로는 절대 헤어지지 않을 것이라는 사실이다.

그리고 시간이 충분하게 주어진다면, 그는 그녀를 자신의
여자로 만들 자신이 있다.

그러나 한 가지만은 알아내야 한다. 옥령이 한 말을 절반
이상은 믿지만 그녀가 태무랑하고 무슨 꿍꿍이속셈을 계획했

는지 알아야지만 한다.

그래야 옥령을 온전히 자신의 여자로 만들 수가 있고, 잘되면 태무랑도 죽일 수 있다. 그것은 말 그대로 일거양득 도랑치고 가재를 잡는 일이다.

옥령은 술을 마시면서 단유천을 조심스럽게 살피고 있다가 갑자기 푹 탁자에 엎어졌다.

단유천이 손을 써서, 아니, 심기를 일으켜서 그녀를 제압했기 때문이다.

옥령은 침상에 반듯한 자세로 누워 있다. 하지만 잠을 자고 있는 것은 아니다.

그녀는 방금 전에 또 다른 긴 이야기를 끝냈다. 그러나 그것은 그녀의 의지와는 다른 상태에서 한 이야기였다.

단유천은 그녀의 심지를 제압한 상태에서 자신이 진짜로 듣고 싶은 내용들을 말하도록 유도했다. 초마령에 이르면 그 정도는 어려운 일이 아니다.

그 결과 그는 원하는 말을 충분히 들었다. 옥령이 태화연과 연지를 구하고 또 단유천 자신과 동귀어진할 것이라는 사실을 알아냈다.

예상은 하고 있었으나 그런 말을 직접 그녀의 입을 통해서 듣자 그는 적잖이 충격을 받았다.

처음에 그녀가 했던 말들을 액면 그대로 믿지는 않았지만 믿고 싶은 마음이 컸다. 그랬던 만큼 실망과 충격도 크게 받은 것이다.

그리고 옥령은 자신이 아직도 태무랑을 목숨보다 더 사랑하고 있다는 사실을 고백했다.

그 말은 무엇보다도 단유천의 마음을 아프게 했다. 그녀가 여전히 태무랑을 사랑하고 있으면서도 그의 곁을 떠나야만 했다는 사실이 뼈가 시릴 만큼 고통스러웠다.

그러나 단유천은 그것마저도 인내했다. 결국은 옥령이 자신의 여자가 될 것이라고 믿기 때문이다.

그나마 단유천의 기분을 좋게 만든 것은, 옥령이 제 스스로 자금성에서 나왔다는 사실이다. 그녀가 단유천에게 왔다는 사실을 태무랑은 모르고 있었다는 것이다. 하지만 지금쯤은 알게 됐을 것이다. 그렇더라도 태무랑은 그녀가 어디로 갔는지 모를 것이다.

"아……."

옥령은 침상에 누워 있다가 깨어났다.

그녀는 소스라치게 놀라서 발딱 일어나 앉고는 급히 주위를 둘러보았다.

단유천은 보이지 않았다. 그리고 이곳은 아담한 실내였으며 그녀 혼자였다.

'어떻게 된 일이지?'

그녀는 눈을 깜빡이면서 당황한 표정으로 이것저것 생각하다가 갑자기 움찔 놀랐다.

단유천이 자신에게 무슨 짓을 저질렀을지도 모른다는 생각이 번쩍 든 것이다.

그녀는 급히 자신의 몸을 살펴보았다. 하지만 옷을 입은 그대로였고 단유천이 그녀를 어떻게 한 흔적은 없었다.

단유천이 짓밟으면 그대로 당하겠다고, 아니, 거짓으로 흥분한 체라도 해서 그를 안심시키겠다고 다짐했던 그녀가 겁탈을 당했을까 봐 걱정을 하고 있었다.

그런데 단유천과 함께 술을 마셨던 기억 이후의 일이 전혀 생각나지 않았다.

그리고 지금 이곳 침상에서 깨어난 것이다. 과연 그동안에 무슨 일이 있었는지 궁금하고 또 두려웠다.

'혹시……'

그녀는 태무랑이 적의 심지를 제압해서 실토시키는 것을 여러 차례 본 적이 있었다.

그렇다면 초마령에 이른 단유천에게도 그런 능력이 있을 것이다. 그는 필경 그런 방법으로 옥령의 내심을 속속들이 알아냈을 것이다. 거기까지 생각한 그녀는 갑자기 눈앞이 캄캄해졌다.

'아…….'

모르긴 해도 그녀의 계획과 내심을 단유천이 깡그리 알아낸 것이 분명했다.

그렇다면 단유천은 거기에 충분히 대처할 것이다. 아니, 옥령을 제압해서 감금할 수도 있고 최악의 경우에는 죽일지도 모르는 일이다.

척—

그때 갑자기 문이 열리면서 단유천이 실내로 들어섰다. 그런데 뜻밖에도 그는 화사하게 미소 지으면서 침상으로 다가오는 것이 아닌가.

"사매, 시장하지? 저녁식사를 준비해 놨으니까 함께 먹으러 가자."

단유천은 귀신에게 홀린 듯한 표정으로 자신을 바라보고 있는 옥령에게 손을 뻗었다.

옥령은 단유천의 얼굴과 손을 번갈아 쳐다보았다. 그녀는 지금 자신이 어떤 표정을 짓고 있는지 신경 쓸 겨를이 없을 정도로 마음이 어수선했다.

식사는 옥령과 단유천 두 사람만 했다. 그리고 두 명의 하녀가 주방을 오가면서 두 사람의 시중을 들었다.

옥령은 너무 긴장하고 있는 탓에 하녀들이 겁먹고 가늘게 떨고 있다는 사실을 발견하지 못했다. 그녀들에게 신경을 쓸 여유가 없었다.

단유천은 만약 옥령이 자신에게 와준다면 그녀와 함께 당분간 머물 곳을 마련하기 위해서 이 장원을 선택했다.

그래서 장원에 살고 있는 삼대 가족과 하인, 하녀들을 죽여서 뒷산에 내다 버렸다.

하녀 두 명과 주방의 찬모 두 명을 살려둔 것은 자신과 옥령의 시중을 들게 하려는 의도였다.

"사매, 요리가 입에 맞아?"

단유천은 옥령이 놀랄 정도로 지나치게 자상했다. 그는 맛있는 요리를 젓가락으로 집어서 옥령의 밥에 올려주기도 하고, 이것저것 챙겨주면서 마치 원앙 같은 부부가 하는 행동을 그대로 답습했다.

그녀가 원하고 있으면서도 차마 듣기를 두려워하고 있는 본론적인 말은 한마디도 하지 않았다. 그래서 그것이 그녀를 더욱 불안하게 만들었다.

옥령은 밥이 입으로 들어가는지 코로 들어가는지도 모르는 채 식사를 마쳤다.

식사 후에 두 사람은 나란히 정원을 거닐었다. 누가 보면

영락없는 다정한 부부 같은 모습이었다.

옥령은 걸으면서도 추호도 긴장을 늦추지 않았다. 단유천이 무엇 때문에 이토록 친절하게 행동하는지 모르기 때문에 안심할 수가 없었다.

아니, 자금성을 나오는 그 순간부터 그녀는 단 한 순간도 마음을 놓지 않았다.

그녀는 걸으면서 될 수 있는 대로 자신의 몸이 단유천에게 닿지 않게 하려고 신경 썼다.

그가 무슨 짓을 하더라도 다 감수하겠다고 결심했으면서도 현실에서는 그게 잘되지 않았다. 그와 닿는 것이 마치 뱀을 만지는 것처럼 섬뜩했다.

그녀가 눈에 띄게 그러는 데도 단유천은 별로 개의치 않았다. 오히려 시간이 지날수록 더욱 자상했고 또 다정하게 말했다.

옥령이 단단하게 얼어버린 얼음이라면, 단유천은 얼음을 녹이려는 따뜻한 햇볕 같았다.

"사람은 변하는 것이라고 생각해."

그때 단유천이 뜬금없는 말을 했다.

옥령은 바짝 긴장한 채 그의 다음 말을 기다렸다.

단유천은 은모래를 뿌려놓은 것처럼 잔별이 총총한 밤하늘을 바라보며 걸었다.

"그동안 사매는 몇 번이나 변했었지?"

"……."

대답을 듣자고 묻는 것이 아닌 듯했다. 그는 마치 독백이라도 하듯 계속 말을 이었다.

"우린 무척 어렸을 때부터 함께 지냈었지. 그 당시의 사매에겐 내가 전부였었어."

그때는 정말 그랬었다. 하지만 그때는 태무랑이라는 사람을 몰랐을 때였다. 아니, 그를 목숨처럼 사랑하게 될 줄 예상하지 못했었다.

"그때 사매는 나만 사랑했었지."

단유천의 목소리가 꿈결 같았다. 그는 그 당시를 회상하면서 정말 꿈을 꾸는 듯한 표정을 지었다.

"이후 사매는 태무랑을 만났고 그에게 짓밟혔으며, 그리고 그를 사랑하게 됐어."

옥령은 갑자기 태무랑이 죽을 만큼 그리웠다. 그래서 단유천의 목소리가 아득하게 들렸다.

"사매로서는 그럴 수밖에 없는 상황이었을 거야. 그에게 짓밟히고 그의 곁에 머물면서 죽을 때까지 그의 손에서 벗어날 수 없을 것이라고 생각했겠지. 그래서 그를 사랑해야겠다는 마음이 생겼을 거야."

정말 그랬을까? 하고 생각하다가 옥령은 마음속으로 고개를 가로저었다.

"흐르던 물이 웅덩이를 만나면 소(沼)가 되고 낭떠러지를 만나면 폭포가 되는 법이지. 사람은 물과 같아. 상황에 따라서 웅덩이도, 급류도, 폭포도 될 수 있는 거야. 사매가 태무랑과 함께 있었던 시절을 폭포라고 한다면, 지금은 고요히 흐르는 강물이 되어야 할 때라고 생각해."

그의 말은 다분히 설득력이 있었다. 만약 옥령이 조금이라도 자포자기하는 마음이 있었다면 그의 말에 크게 수긍했을 것이다.

뚝.

단유천은 걸음을 멈추고 옥령을 향해 돌아섰다. 그리고 부드러운 표정으로 그녀를 바라보았다.

"나는 사매만 있으면 돼. 사매라는 물이 예전에 어디에서 어떤 모습으로 흘렀든 나는 개의치 않겠어. 그것은 물의 잘못이 아니라 지형의 잘못이니까."

옥령은 가벼이 흔들리는 눈빛으로 단유천을 올려다보았다.

"사매가 죽을 결심을 하고 내게 왔다면 그런 마음은 버리는 것이 좋아."

단유천은 추호도 그녀를 나무라는 표정을 짓지 않았다.

"사매가 태무랑을 목숨처럼 사랑한다고 해도 죽어버리면

아무 소용이 없어. 대체 뭐가 남는 거지? 과연 죽은 사매가 행복할 수 있을까?'

절대로 행복할 수 없을 것이다. 죽어서 혼이 되어 구천을 떠돌 텐데 어찌 행복하겠는가.

그녀도 할 수만 있다면 태무랑의 곁에서 다른 네 명의 부인과 함께 죽을 때까지 머물고 싶다.

"무슨 일이 있어도 사매는 살아 있어야 해. 죽으면 모든 것이 끝이야. 나를 사랑하라고 강요하지는 않겠어. 그저 살아만 있어줘."

"그렇다면……."

그의 말에 조금 동화된 옥령은 자신도 모르게 불쑥 입을 열었다.

'그렇다면' 자신을 태화연, 연지와 함께 태무랑에게 보내달라는 말이 목구멍까지 차올랐다. 하지만 입술을 꼭 깨물면서 참았다.

第百三十七章
진정한 금강불괴지체

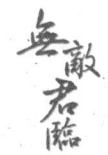

척!

단유천은 옥령을 데리고 장원 뒤쪽의 어느 전각으로 들어
가 하나의 문을 열었다.

"자. 사매가 결정해."

그리고는 부드럽게 말하며 문 안쪽 한옆으로 비켜섰다.

"아······."

옥령은 실내를 보는 순간 너무 놀라서 나직한 탄성을 터뜨
리고 말았다.

전혀 예상하지 못했던 일이다. 실내 침상 위에는 두 사람이

앉아 있었는데 바로 태화연과 연지였다.

그녀들은 서로를 꼭 부둥켜안은 채 울고 있다가 들어서는 옥령을 발견하고 크게 놀라 부르짖었다.

"령 언니!"

"언니!"

그리고는 울음을 터뜨리면서 달려오려다가 뒤늦게 단유천을 발견하고는 우뚝 멈췄다.

"으흐흑… 언니……."

연지는 다섯 부인 중에 막내고, 태화연은 태무랑의 하나뿐인 누이동생이다. 그녀들과 옥령은 친자매나 다름없을 정도로 절친했다.

단유천이 천천히 침상으로 걸어가자 옥령도 이끌리듯이 따라 걸었다. 하지만 그녀들에게서 시선을 뗄 수가 없었다.

옥령은 태화연이나 연지를 발견한 순간부터 비 오듯이 눈물을 흘리고 있었다.

기구하면서도 반갑기는 세 여자가 모두 마찬가지였다. 어찌 이런 상황이 생길 수가 있겠는가.

하지만 그녀들은 단유천이라는 벽 때문에 미칠 듯한 반가움마저도 억누를 수밖에 없었다.

옥령은 단유천을 쳐다보았다. 그가 자신을 이곳에 데리고 온 이유가 무엇인지 궁금하기 때문이다.

그러면서 그녀는 그 이유를 조심스럽게 짐작해 보았다. 그리고 그것이 맞기를 소망했다.

이윽고 단유천이 태화연과 연지를 가리키면서 말했다.

"사매가 이들 중에서 한 명을 골라봐."

순간 옥령은 움찔 불길한 예감이 들었다.

"무슨⋯⋯."

단유천은 옥령이 이곳에 와서 줄곧 보아온 그 부드러운 미소를 지으며 말했다.

"사매가 고르는 사람을 태무랑에게 보내주겠어."

"아⋯⋯."

"아아⋯⋯."

그 말에 옥령과 태화연, 연지의 입에서 동시에 나직한 탄성이 흘러나왔다.

옥령은 부지중에 그녀들을 쳐다보았다. 그리고 그녀들의 얼굴에 떠올라 있는 순간적인 표정을 발견했다.

두 여자는 절망하는 중에도 옥령이 자신을 선택해 주기를 갈망하는 듯했다.

그것은 인간의 본능이다. 최소한 옥령이 보기에는 그랬다. 그래서 그녀는 암담해졌다.

하지만 태화연과 연지의 얼굴에서 본능의 표정은 곧 사라졌다. 그 대신 희생의 표정이 떠올랐다.

"령 언니, 연 매를 선택해 주세요. 연 매를 무랑가에게 보내주세요."

연지가 먼저 입을 열었다. 그녀는 간곡한 표정으로 옥령을 바라보며 거듭 애원했다.

"저는 령 언니와 이곳에 함께 있으면 괜찮아요. 그러니까 연 매를 보내주세요."

태화연은 연지보다 한 살 많다. 그런데도 이럴 때는 연지가 언니처럼 행동했다.

그녀는 자신이 태무랑의 부인으로서 태화연의 손윗사람이라고 여긴 것이다. 손윗사람은 아랫사람을 보호해야 할 책임이 있는 것이다.

그러나 태화연이 곧바로 울부짖었다.

"으흐흑! 아니에요 령 언니! 지 언니를 보내주세요! 제발 부탁이에요!"

옥령이 힐끗 돌아보자 단유천은 여태까지의 담담한 표정으로 지켜보고 있을 뿐 개입할 뜻이 조금도 없는 듯했다. 미소를 짓고 있으나 지금의 그는 더할 수 없이 잔인했다.

옥령은 그가 지금의 상황을 즐기고 있다는 사실을 깨달았다. 그는 변하지 않았다.

옥령으로서는 너무도 괴로운 순간이다. 한 사람은 친자매 같은 부인이고 한 사람은 사랑하는 사람의 누이동생이다. 대체 누굴 선택해야 한다는 말인가.

"언니, 연 매는 무랑가의 하나뿐인 혈육이에요. 그 사실을 잊지 마세요."

그때 연지가 울음 섞인, 그러나 단호한 목소리로 말했다. 그리고 그녀의 말이 옥령을 일깨웠다.

그래서 옥령은 비로소 결심했다. 부인은 옷을 갈아입는 것에 비유할 수 있지만, 혈육은 사지육신을 잘라내는 것이나 다름없는 일이다.

이윽고 옥령은 입안이 바싹 말라서 갈라진 목소리로 힘겨운 목소리를 냈다.

"연 매를… 보내주세요."

그때 그녀는 연지의 얼굴에 진심으로 기뻐하는 표정이 피어나는 것을 발견했다.

태화연이 떠났다. 단유천과 옥령이 직접 그녀를 데리고 가장 가까운 현까지 데려다주고 돌아왔다.

그리고 옥령은 정원의 자그마한 인공연못 가에 단유천과 나란히 섰다.

"부탁이 있어요."

옥령은 연못을 바라보며 조용히 말문을 열었다.

"뭐든지 말해봐."

단유천은 세상이라도 바칠 듯한 표정을 지으며 미소를 머금었다.

"저와 함께 우리 단둘이 은거해요."

단유천은 뜻밖이라는 표정을 지으며 그녀를 쳐다보았다.

하지만 옥령은 호수에서 시선을 거두지 않고 말을 이었다.

"당신이 원하는 사람이 저 하나라고 말했죠?"

"그래."

"저도 당신의 여자가 되도록 노력하겠어요. 그러니까 아무도 모르는 곳으로 가요, 우리."

옥령은 그의 얼굴을 보지는 못했지만 그가 내심으로 크게 흔들리고 있을 것이라고 생각했다.

"당신이 태무랑에게 원한을 품고 있는 이유는 저 때문이었잖아요. 그러나 이제 제가 돌아왔으므로 모든 것은 원점으로 되돌아온 거예요."

옥령은 단유천이 고개를 끄덕이는 느낌을 받았다.

"그러니까 우리 둘이서 다시 시작하는 거예요. 앞으로 저는 오직 당신만을 위해서 살도록 노력하겠어요."

"사매……."

단유천의 목소리가 떨리는 것 같아서 옥령은 자신도 모르게 그를 쳐다보았다.

"……!"

그리고는 그의 눈시울이 붉어져 있는 것을 발견하고 움찔 충격을 받았다.

연지는 침상 위에 혼자 덩그렇게 앉아 있었다.

그녀는 무릎을 세우고 두 팔로 무릎을 끌어안은 채 얼굴을 파묻고 소리를 내지 않으려고 애쓰면서 낮게 흐느꼈다.

그녀는 바보가 아니다. 옥령이 어떻게 해서 이곳에 있는 것인지 어렴풋이나마 짐작할 수가 있다.

연지가 아는 옥령은 절대로 태무랑을 배신할 사람이 아니다. 그러므로 그녀는 순전히 자의로 이곳에 왔을 것이다.

연지는 울지 않으려고 애썼다. 그렇지만 자꾸 눈물이 났다. 그녀는 옥령이 자신을 구해줄 것이라고 믿었다. 아니, 희망을 품었다.

'하지만……'

옥령이 구해주지 못한다면 어찌 되는 것인가. 그런 생각이 들자 다시금 눈물이 솟구쳤다.

"흑……"

그러나 다음 순간 그녀는 소스라치게 놀랐다.

슥—

누군가의 손이 자신의 어깨를 부드럽게 감싸고 있는 것을 느꼈기 때문이다.

그녀가 소스라치게 놀라서 비명을 지르려는데 어찌 된 일인지 목소리가 나오지 않았다.

'지아.'

그리고 너무도 그리운 목소리가 그녀의 머릿속을 고즈넉이 울렸다.

그녀가 급히 돌아보니 옆에 태무랑이 나란히 앉아서 팔로 그녀의 어깨를 두른 채 온화하게 미소 짓고 있는 것이 아닌가. 눈을 몇 번이나 깜빡거리면서 봐도 헛것이 아니라 분명히 태무랑이었다.

'아아… 무랑가…….'

연지는 왈칵 눈물을 쏟으면서 태무랑의 품속으로 쓰러졌다.

단유천은 환하게 미소 지으면서 고개를 끄덕였다.

"알았어. 사매 말대로 하지."

"아아… 고마워요."

옥령은 자신의 제의를 단유천이 이처럼 선선히 수락할 것이라고는 예상하지 못했기 때문에 크게 놀라면서 또한 기뻐했다.

물론 그녀가 단유천에게 제안한 것은 그녀의 진심이 아니다. 그녀가 태무랑을 놔두고 어찌 진심으로 다른 남자의 그것

도 단유천의 품에 안길 수 있겠는가. 그것은 꿈속에서도 있을
수 없는 일이다.

"그럼 지 매를 놔주도록 하세요."

그녀의 목적은 그것이다. 연지가 풀려나면 그때는 어떻게
되더라도 상관이 없다.

옥령의 조심스러운 말에 이번에도 단유천은 선선히 고개
를 끄덕였다.

"그러지."

두 사람은 즉시 연못가를 떠나 연지가 감금되어 있는 전각
을 향해 나란히 걸어갔다.

단유천은 약간 콧노래를 부르는 듯한 목소리로 말했다.

"사매가 날 깨우쳐 주었군."

그녀가 쳐다보자 그는 쑥스러운 표정을 지었다.

"내가 태무랑에게 원한을 품게 된 것은 그놈이 사매를 납
치했기 때문이었어. 그런데 이제 사매가 내게 돌아왔으니까
원한은 자연히 사라지게 되는 것이지. 그런 간단한 이치를 나
는 깨닫지 못하고 있었어."

그는 소년처럼 진심으로 기뻐하고 있는 것이 분명했다.

그의 그 말은 그가 옥령을 얼마나 소중하게 여기는지를 생
생하게 보여주는 것이다.

"어디로 가는 게 좋을까?"

단유천은 미소를 지으며 옥령에게 의견을 물었다.

옥령은 그에게서 소년 시절의 순수한 모습을 다시 보는 것 같았다.

금강불괴지체 계획이라는 것을 세우기 전의 그는 티 한 점 없이 해맑은 소년이었다.

만약 얼마 전의 옥령이었다면 단유천의 이런 모습에 감격하여 오열을 터뜨렸을 것이다.

그녀가 지금처럼 태무랑을 사랑하지 않았더라면, 그녀는 더없이 기쁜 마음으로 단유천과 함께 심산유곡에 은거했을 것이다.

"글쎄요. 어디가 좋을까요."

옥령은 빙그레 미소를 지으면서 고개를 갸웃거렸다. 그러면서 그녀는 자신의 그런 모습이 단유천을 믿게 만드는 데 일조할 것이라고 확신했다.

그런데 전각 입구에 이르렀을 때 갑자기 단유천이 우뚝 걸음을 멈추었다.

뿐만 아니라 얼굴이 딱딱하게 굳어지더니 쏜살같이 전각 안으로 쏘아 들어갔다.

전각 안에서 의당 들려야 할 연지의 숨소리가 들리지 않던 것이다.

옥령은 움찔하며 그 자리에 멈추었다. 그리고 재빨리 주위를 둘러보았다.

저만치 전각 모퉁이에 낯익은 얼굴 하나가 보였다. 환하게 웃으면서 빨리 이쪽으로 오라고 손을 젓고 있는 사람은 분명히 벽교상이다.

단유천은 전각 안으로 쏘아 들어갈 때보다 더 빨리 다시 밖으로 튀어나왔다.

밖에 옥령을 혼자 놔두었다는 것을 한발 늦게 알아차린 것이다.

그러나 그때는 이미 옥령이 사라지고 난 후였다. 그녀의 모습은 어디에서도 보이지 않았다.

"으음!"

단유천은 그 자리에 우뚝 서서 무거운 신음을 흘리며 천천히 주위를 둘러보았다.

그는 직접 확인하지 않았으나 전각 안에 연지가 없다는 것을 확신했다.

그리고 전각 밖으로 다시 쏘아 나오면서 어쩌면 옥령도 사라졌을지 모른다고 생각했다. 그런데 그것이 현실로 나타났다.

그는 이 모든 일이 어찌 된 일인지 짐작했다. 태무랑이 나타난 것이리라.

연지가 사라진 것도, 옥령이 눈 깜빡할 사이에 사라져 버린 것도 모두 태무랑의 짓이 분명했다.

그렇다면 옥령이 여태까지 한 말들도 모두 거짓말이었다는 것이다. 모든 것을 다 버리고 심산유곡에 단둘이 은거하여 오순도순 살자는 것도 한낱 그를 속이기 위한 거짓말이었던 것이다.

그는 정말로 그럴 생각이었다. 옥령이 그런 말을 해줘서 너무 기뻐 하마터면 눈물이 날 뻔했었다. 그래서 울지 않으려고 일부러 웃음을 보였다. 그런데 그 모든 것들이 자신을 기만하기 위한 술수였다.

주위를 둘러보던 단유천의 눈길이 문득 한 곳에 정지했다.

그곳에서 한 사람이 천천히 걸어오고 있었다. 후리후리한 천하의 기남아, 태무랑이었다.

그를 발견하는 순간 단유천은 분노보다는 자신의 초라함을 느꼈다.

상대는 옥령을 비롯한 모든 것을 다 갖게 된 사내다. 그러나 단유천 자신은 사랑하는 여자마저도 뺏긴, 아니, 사랑하는 여자에게 버림을 받은 가련한 사내다.

그래서 상대적 초라함이 그를 한없이 움츠러들게 만들었다.

문득 단유천의 시선이 걸어오고 있는 태무랑의 뒤로 향했다.

그곳에서 두 여자가 나란히 걸어오고 있었다. 벽교상과 옥령이었다.

벽교상은 웃고 있으나 옥령은 웃지 않았다. 그녀는 묘한 표정으로 단유천을 바라보면서 걸어오고 있었다.

단유천은 옥령의 표정이 '연민' 이라는 것을 알아차렸다. 사랑하는 여자에게서 받는 연민의 표정이란…….

이윽고 태무랑이 단유천의 열 걸음 앞에서 멈추었다. 그리고 잠시 후에 벽교상과 옥령이 그의 양쪽에 나란히 섰다.

단유천의 시선은 옥령의 얼굴에서 떠날 줄을 몰랐다. 그는 자신이 애처롭고도 간절한 표정을 짓고 있다는 사실을 모르고 있었다.

단유천은 아무 말도 하지 않았다. 아니, 할 수가 없었다. 입을 열기만 하면 통곡이 터져 나올 것만 같았다.

그때 옥령이 두 팔로 태무랑의 팔을 잡으며 속삭이듯이 말했다.

"무랑가, 그의 무공을 해지하고 놔주면 안 될까요?"

단유천으로서는 일찍이 한 번도 들어본 적이 없는 달콤한 목소리였다.

그러나 옥령의 목소리보다는 그 내용 때문에 단유천은 절망했다. 너무도 비참했다.

그리고 태무랑의 조용한 말이 그를 아예 짓밟아 버렸다.

"단유천, 스스로 무릎을 꿇고 용서를 빈다면 령 매 말대로 너의 무공을 해지한 후에 놔주겠다."

으드득.

기어코 단유천의 입에서 이빨이 부러지는 듯한 소리가 흘러나왔다.

"너라면 그러겠느냐?"

태무랑은 천천히 고개를 가로저었다.

"아니다. 나라면 끝까지 싸우다가 죽을 것이다."

"그렇다면 더 이상 무엇을 기다리는 것이냐?"

슈아악—

우렁차게 고함을 지르면서 단유천은 곧장 태무랑을 향해 돌진했다. 그의 쏘아가는 속도는 가히 빛이었다.

순간 태무랑의 좌우에 있던 벽교상과 옥령은 좌우로 갈라져서 쏜살같이 물러났다. 그러면서 두 여자는 동시에 외쳤다.

"조심하세요! 무랑가!"

꽈꽝!

그러나 두 여자가 오륙 장쯤 물러났을 때 한 줄기 핏빛 흐릿한 광채가 태무랑의 가슴에 적중했다.

단유천은 태무랑을 향해 쏘아가기만 했었지 무언가를 발출하지는 않았다.

태무랑은 지푸라기처럼 허공으로 훌훌 날아갔다. 그러면

서 그는 혼절했는지 자세를 바로잡지 못하고 몸이 빙글빙글 회전을 했다.

슈우우—

단유천은 그림자처럼 태무랑의 뒤를 따랐다. 그와 함께 방금 전처럼 심기를 일으켜 다시 일격을 가했다.

쾅!

날아가고 있는 태무랑의 아래쪽에서 역시 핏빛 광채가 번뜩이면서 그의 복부를 강타했다.

그것은 일 장 두께의 강철로 된 벽을 종잇장처럼 짓이길 수 있는 위력의 초마강기(超魔罡氣)다.

태무랑의 몸은 다시금 까마득한 허공으로 치솟았다.

그가 지상에서 삼십여 장 높이까지 솟구쳤을 때 한순간 번쩍 하더니 바로 그의 옆에 단유천이 나타났다.

그는 태무랑의 어깨를 움켜잡고는 그의 몸속에 거센 초마강기를 주입하는 것과 동시에 지상을 향해 전력을 다해서 내리꽂았다.

푸악!

다음 순간 태무랑은 단단한 대리석 바닥을 뚫고 지상에 커다란 구멍을 남긴 채 땅속으로 처박혔다.

"아아……."

이십여 장쯤 물러나 있는 벽교상과 옥령은 그 광경을 보고 가늘게 몸을 떨며 사색이 되었다.

그녀들은 태무랑이 이 지경으로 속수무책 당할 줄은 상상조차 하지 못했다.

척!

단유천은 지상에 뚫린 구멍 옆에 내려서 아래를 굽어보았다.

그곳에는 깊이 오 장여의 구멍이 뚫렸는데 맨 아래쪽에 태무랑이 머리를 내놓은 채 처박혀 있는 모습이 보였다.

그때 단유천이 아무런 동작도 취하지 않았는데 태무랑이 구멍 속에서 불쑥 솟구쳐 올랐다. 단유천이 심기로 그를 뽑아 올린 것이다.

치잉—

어느새 단유천의 오른손에는 한 자루 핏빛 검이 쥐어져 있었다.

금방이라도 핏물이 뚝뚝 떨어질 것만 같았다. 그것은 초마령이 만들어낸 무형지검인 초마신검(超魔神劍)이다.

금석은 물론 금강불괴지체마저도 수수깡처럼 자르는 위력을 지니고 있다.

위이잉!

태무랑이 구멍에서 솟구치는 것과 동시에 초마신검이 오른쪽에서 왼쪽 수평으로 허공을 갈랐다.

쩍!

땅속에서 솟구쳐 오르던 태무랑의 옆구리를 초마신검이 그대로 잘랐다.

"아악!"

"무랑가!"

그와 동시에 벽교상과 옥령의 찢어지는 듯한 비명성이 허공을 갈랐다.

그 비명을 듣고 단유천은 더할 나위 없이 득의한 미소를 흘려냈다.

"흐흐흐. 누가 누굴 용서한다는 말이냐?"

그는 이것으로 옥령이 영원히 자신의 소유물이 될 것이라고 자신했다.

아니, 이제는 옥령만으로는 성이 차지 않는다. 그녀가 자신을 또다시 배반했으므로 그 대가로 천하를 철저하게 피로 짓밟고 씻어줄 생각이다.

태무랑이 입고 있는 옷은 갈가리 찢어진 상태다. 그리고 그는 기우뚱한 자세로 서 있었다.

아니, 구멍 속에서 솟구치던 중이었으므로 두 발이 구멍의 허공에 떠 있는 상태다.

그리고 초마신검이 그의 옆구리를 거의 다 자르고 마지막 반 뼘 정도를 남겨둔 채 깊숙이 박혀 있었다.

단유천은 고개를 숙이고 있는 태무랑을 쳐다보며 잔인한 미소를 지었다.

"흐흐흐. 지금이라도 잘못했다고 용서를 빌면 무공을 해지하고 목숨만은 살려주도록 하겠다."

조금 전에 옥령의 부탁으로 태무랑이 했던 말이었다.

그러나 태무랑은 고개를 숙인 채 꼼짝도 하지 않았다.

단유천은 그 모습을 보고 기고만장했다. 아니, 기고만장하고 싶었다.

그동안 자신을 그토록 괴롭히고 절망에 빠지게 만들었던 태무랑이 눈앞에서 죽어가고 있다.

그리고 그를 죽이면 손안에서 거의 빠져나갔던 옥령을 다시 되찾을 수가 있다.

그러므로 그는 자신이 충분히 기고만장할 자격이 있다고 생각했다.

돌이켜 보면 이처럼 통쾌한 일이 어디에 있겠는가. 배신과 복수와 오랜 숙원을 한꺼번에 날려 버리고 있잖은가.

"흐흐흐. 이제부터 네가 갖고 있던 것들을 하나씩 자근자근 짓밟아주마."

단유천은 실제로 그럴 각오다. 이제 더 이상 옥령 따윈 믿지 않을 것이다.

대신 그녀의 목에 예전 수월화처럼 만년한철을 감아서 개처럼 끌고 다니면서 복종하게 만들 생각이다.

그때 전혀 뜻하지 않은 일이 일어났다. 고개를 숙이고 있던 태무랑이 천천히 고개를 들고 단유천을 쳐다보았다.

"······."

단유천은 어? 하는 표정을 지었다. 태무랑의 표정은 너무도 담담하고 또 눈빛은 맑았다.

그리고 태무랑은 단유천을 보면서 흐릿한 미소를 머금었다.

"너는 금강불괴지체를 과소평가했다."

"너······."

단유천의 두 눈이 부릅떠졌다. 태무랑의 말이 무슨 뜻인지 머릿속에서 뱅뱅 맴돌았다.

그러나 태무랑의 미소는 조금 더 짙어졌다.

"보겠느냐? 이것이 금강불괴지체다."

스우우.

그의 말과 함께 그의 옆구리를 거의 잘랐던 초마신검이 스르르 빠져나오기 시작했다.

단유천은 움찔 놀랐으나 이미 그의 심기가 발동하여 태무랑을 향해 뿜어지고 있었다.

콱!

"흐윽!"

그러나 그보다 먼저 태무랑의 오른손이 번개같이 단유천의 목을 움켜잡았다.

그 바람에 태무랑을 향해 뿜어지던 초마강기는 씻은 듯이 사라져 버렸다.

"끄으으……."

태무랑은 오른손으로 단유천의 목을 움켜잡은 채 두 발이 허공에 떠서 미끄러지듯이 구멍에서 지상으로 벗어났다.

단유천은 온몸의 피가 얼굴로 쏠려 돼지 간처럼 시뻘건 색으로 변해 목 끓는 소리를 냈다.

"끄끄으으. 이놈 자식……."

그는 태무랑의 몸에서 완전히 빠져나온 초마신검을 그대로 그에게 휘둘러 갔다.

하지만 이번에도 태무랑이 더 빨랐다. 그는 단유천의 목을 움켜잡고 있는 오른손으로 폭포 같은 천원신기를 쏟아 넣었다.

단유천의 두 눈이 금방이라도 튀어나올 듯이 불거졌다.

"끄으으. 귀신이 돼서… 라도… 네놈을……."

투둑.

입에서 꾸역꾸역 피를 흘리면서 더듬거리던 단유천의 두 눈알이 뽑혀서 튀어나왔다.

태무랑은 단유천의 목에서 손을 놓으며 천천히 물러났다.

"저승에 가면 부디 내 어머니와 동생에게 사죄해라."

"끄으… 개… 소… 리……."

단유천은 눈알이 뺨에 대롱대롱 매달려서도 잘못을 뉘우치지 않았다.

퍼어억!

순간 단유천의 몸이 갈가리 찢어져서 흩어졌다. 온갖 광영과 권위를 누리고, 또 밑바닥에서 허우적거리기도 했던 그는 결국 죽어서 재가 되어 삼라만상으로 돌아간 것이다.

태무랑이 스르르 지상으로 내려설 때 벽교상과 옥령이 기쁨의 울음을 터뜨리면서 달려왔다.

"무랑가—!"

"으흑흑! 무랑가!"

오늘은 대명제국 개국 이래 최고로 경사스러운 날이다.

자금성에서 무령왕이 정식으로 정덕제에 즉위하는 것과 동시에 같은 장소에서 태무랑이 다섯 명의 부인과 정식혼례를 올리는 날이기 때문이다.

훗날 사가(史家)들의 기록에 의하면, 태무랑은 '무적신룡' 혹은 '무적군림'으로 불리면서 수천 년 동안 사람들의 입에 회자되었다고 한다.

그리고 또 한 가지 후세의 사람들이 그를 부러워한 일이 있었다.

　그는 죽을 때까지 열다섯 명의 부인과 서른두 명의 첩을 두었다고 전해졌다.

『무적군림』 완결

촌부 新무협 판타지 소설
FANTASTIC ORIENTAL HEROES

천애협로

『우화등선』, 『화공도담』의 뒤를 잇는
작가 촌부의 또 하나의 도가 무협!

무림맹주(武林盟主), 아미파(峨嵋派) 장문인(掌門人),
군문제일검(軍門第一劍), 남궁세가(南宮勢家)의 안주인.

그들을 키워낸 어머니-
진무신모(眞武神母) 유월향(柳月香)!

어느 날, 그녀가 실종되는데……

"하, 할머니는 누구세요?"

무한삼진의 고아, 소량(少兩)에게 찾아온 기이한 인연.

세상과 함께 호흡을 나눌 수 있다면(天地同息)
천하의 이치를 모두 얻으리라(天下之理得)!

이제, 천하제일인과 그녀가 길러낸
마지막 자손의 이야기가 펼쳐진다!

Book Publishing CHUNGEORAM

유행이 아닌 자유추구
WWW.chungeoram.com

SWORD SLAYER

소드 슬레이어

류연 판타지 장편 소설

FANTASY FRONTIER SPIRIT

그날로 돌아간 그 순간부터 입버릇처럼 붙은 한마디.

"생각해라, 아서 란펠지."

귀족 반란에 휘말린 채 죽어야 했던 기사, 아서 란펠지.
600년 전 마룡 카브라로 인해 봉인당한 세 용사의 영혼.
버려진 이름없는 신전에서 그들이 만났을 때
운명은 또 다른 전설의 서막을 알렸다!

소드 슬레이어!

힘없이 죽어간 모든 인연들을 위하여
무력하고 허망했던 어제를 딛고
멈추지 않는 오늘을 달려 내일을 잡아라!

위선에 가득찬 검들을 향해
여섯 번째 마나 소드, 에스카룬의 검이 질주한다!

Book Publishing CHUNGEORAM

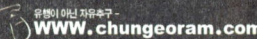

유행이 아닌 자유추구 ~
WWW.chungeoram.com